Klarant Verlag

Alfred Bekker ist ein bekannter Autor von Krimis, Fantasy-Romanen und Jugendbüchern. Seine Romane erreichten eine Gesamtauflage von über 3 Millionen Exemplaren und wurden in zahlreiche Sprachen übersetzt. Väterlicherseits stammt seine Familie aus Ostfriesland. Sein Großvater war jahrzehntelang Bürgermeister von Twixlum, die dortige Thedastraße ist nach seiner Großmutter benannt. Er selbst lernte als Zehnjähriger auf dem Großen Meer das Segeln und kehrte auch später mit der eigenen Familie immer wieder im Urlaub dorthin zurück. So lag es für ihn nahe, diese Gegend auch zum Schauplatz seiner Kriminalromane zu machen.

Alfred Bekker

Der Tote im Torfschiff

Ostfrieslandkrimi

Klarant Verlag

Klarant Verlag, www.klarant.de – www.ostfrieslandkrimi.de
ISBN: 978-3-96586-312-5
1. Auflage 2021
Umschlagabbildung: Klarant Verlag

Printed in the EU.

Kapitel 1

Es war schon nach Mitternacht. Und da Emden keineswegs eine Stadt war, die niemals schlief, war um diese Zeit wirklich nichts mehr los. Selbst die letzten Bars und Lokale hatten inzwischen geschlossen. Der Mond stand hoch. Es war Vollmond und sein Licht spiegelte sich im dunklen Wasser vom Ratsdelft. An diesem bis mitten in die Stadt hineinreichenden Wasserarm lagen ein paar Museumsschiffe. Ein ausrangierter Seenotrettungskreuzer zum Beispiel. Um das Jahr 1600, zur großen Zeit Emdens, hatten hier 400 seetüchtige Schiffe vor Anker gelegen und Waren in die Stadt gebracht. Emden war damals für einige Jahre der größte Hafen Europas gewesen – aber diese Zeiten waren lange vorbei. Zwar gab es immer noch einen Seehafen, aber dessen Bedeutung war mit dem in Emden nicht vergleichbar.

In einigen der am Delft festgemachten Schiffe befanden sich Restaurants, aber auch die hatten inzwischen alle geschlossen.

Seit kurzem gab es ein neues Schiff am Ratsdelft. Es war ein traditionelles Torfschiff, wie es bis in die fünfziger und sechziger Jahre hinein auf den Tiefs und Kanälen Ostfrieslands gefahren war. Nicht nur, um Torf zu transportieren. Lange Zeit waren die Torfschiffe die wichtigsten Transportmittel gewesen. Sie hatten auch andere Ware mitgenommen, manchmal Post oder im Auftrag irgendeines Dorfbewohners etwas aus der Stadt mitgebracht.

Dieses Torfschiff war ein besonders gut erhaltenes und großes Exemplar. Es hatte die typische Form. Ein breites Schiff, das an einen Holzschuh erinnerte und auf jeder Seite ein Schwert hatte, das man bei Niedrigwasser hochziehen konnte. Außerdem einen Mast für das Segel.

Dieses Torfschiff war noch nicht für die Besichtigung durch Touristen hergerichtet worden, aber das sollte noch kommen. In den letzten Tagen hatten große Artikel darüber in der örtlichen Presse gestanden.

Der Mann, der sich um diese späte Stunde dem Schiff näherte, klappte den Kragen seiner Jacke hoch und sah sich um, so als würde er etwas suchen. Etwas – oder jemanden.

Bei dem Torfschiff blieb er stehen, denn dies war der Treffpunkt, den er vereinbart hatte.

Aber die Person, die er hier zu treffen beabsichtigte, war offensichtlich noch nicht da.

Der Mann blickte auf die Uhr.

Solltest du mich versetzt haben, wird dir das leidtun!, dachte der Mann.

Das Mondlicht schien auf seine Mütze. Sie war schwarz-gelb. Die Mütze eines Postboten. Er trug seine Uniform zwar nicht in der Freizeit, aber als er an diesem Abend noch so spät hinausging, wollte er eine Mütze auf dem Kopf haben. Er besaß noch eine andere Baseballmütze, aber die hatte er schon seit einiger Zeit verlegt. Also hatte er die Dienstmütze genommen.

Ein kühler Wind blies zurzeit von der Nordsee her.

Sein Handy vibrierte.

Jemand hatte ihm eine Nachricht geschrieben. Er langte zur Innentasche seiner Jacke und holte es heraus.

›Alles klar?‹, lautete die Nachricht.

Der Mann tippte eine Antwort ein.

›Ich glaube, der Arsch hat mich versetzt!‹, schrieb er und schickte die Nachricht ab.

›Blas die Sache ab, da ist was faul!‹, kam es zurück.

›Ich warte noch fünf Minuten‹, lautete die Antwort.

Dann fiel dem Mann mit der Postbotenmütze plötzlich eine Bewegung auf. Ein schattenhafter Umriss hob sich gegen das fahle Mondlicht ab.

›Da ist er! Bin gleich zurück‹, schrieb der Mann mit der Postbotenmütze noch zurück und steckte dann das Handy ein.

Er ging auf den Schatten zu.

»Moin«, sagte er.

Der Schatten antwortete nicht.

»Schön, dass Sie doch noch gekommen sind«, sagte er. »Ich hatte schon gedacht, Sie hätten sich die Sache nochmal überlegt …«

»Das habe ich allerdings«, kam es jetzt von dem Schatten.

Das Mündungsfeuer einer Schusswaffe blitzte auf. Aber man hörte kein Schussgeräusch. Mehr als ein trockenes Plopp-Geräusch ließ der Schalldämpfer nicht nach außen dringen.

Zwei Kugeln trafen den Mann mit der Postbotenmütze kurz hintereinander. Er sank auf das unebene Pflaster.

Die Gestalt kam näher.

Der Schein einer Taschenlampe leuchtete dem Toten ins Gesicht.

Der Unbekannte beugte sich nieder und zog den Toten an den Füßen hinter sich her.

Viele Möglichkeiten gab es hier nicht, eine Leiche verschwinden zu lassen. Den Toten einfach in das Wasser des Delft zu werfen, wäre vordergründig betrachtet das Einfachste gewesen. Aber er hatte nichts dabei, um die Leiche zu beschweren. Und das bedeutete, dass die Leiche dann irgendwann an der Oberfläche treiben würde.

Es gab eine bessere Möglichkeit.

Das Torfschiff! Die Restaurierungsarbeiten sollten erst in zwei Wochen beginnen. So lange würde niemand in den Laderaum des Schiffs hineinsehen. Und es reichte völlig, wenn der Tote so lange verschwunden blieb.

Kapitel 2

Kriminalhauptkommissar Ebbo Steen hatte gerade im Café am Emder Stadtgarten gefrühstückt. Ein guter Tag begann für ihn mit einem Frühstück dort. Am besten an einem Platz im vorderen Bereich, von wo aus man einen freien Blick auf den Ratsdelft hatte. Ein Menschenauflauf hatte sich bei einem der Schiffe gebildet, die dort festgemacht worden waren. Steen beobachtete die Szenerie eine Weile.

Die Menschenansammlung hatte sich bei dem Torfschiff gebildet, das seit einiger Zeit neu zur Flotte der ausrangierten Museumsschiffe gestoßen war. Steen hatte davon in der Zeitung gelesen. Die Familie Vancamps, der eine große Reederei in Emden gehörte, hatte das Schiff seinerzeit aufgekauft und so weit instand gesetzt, dass es wieder wassertauglich war. Auch die noch anstehenden Kosten der Renovierung und Instandsetzung wollte die Vancamps-Reederei übernehmen und das am Ende zu einem Museumsschiff gewandelte Torfschiff der Stadt Emden zur Verfügung stellen.

»Ruf doch mal einer die Polizei!«, rief ein Mann. »Mein Handy-Akku ist leer!«

»Nicht besser erstmal einen Arzt rufen?«, fragte jemand anders.

»Nein, der ist tot, da kann kein Arzt mehr helfen!«

Ostfriesen – insbesondere ältere Jahrgänge – hatten die Angewohnheit, im Freien recht laut zu sprechen. Anders war es bei viel Wind auch gar nicht möglich, sich zu verständigen. Diese Angewohnheit kam Steen jetzt – zusammen mit der gerade herrschenden Windrichtung – entgegen, denn sonst hätte er wahrscheinlich gar nicht begriffen, was da im Moment bei dem Torfschiff eigentlich los war.

Viel war es ja auch nicht, was er verstanden hatte, aber das wenige reichte aus, um Steens professionelle Reflexe als Kriminalhauptkommissar und Leiter der Mordkommission bei der Kripo Emden auszulösen.

Entgegen seiner ansonsten eher gemächlich wirkenden Art beschleunigte Steen jetzt seinen Schritt. Während er mit dem energische Entschlossenheit ausdrückenden Gang, der in seiner Körpersprache auch zu einem Schuldirektor gepasst hätte, auf das Torfschiff zuging, suchte er noch in den verschiedenen Taschen seiner Kleidung nach dem Dienstausweis. Jackett, Parka, Hose – die Zahl der infrage kommenden Taschen war begrenzt. Aber Dienstausweise hatten irgendwie die Eigenschaft, sich immer genau in der Tasche zu verbergen, an die man gerade nicht gedacht hatte.

»Achtung! Kriminalpolizei!«, dröhnte Steen.

Daraufhin konnte er sich der allgemeinen und ungeteilten Aufmerksamkeit erstmal sicher sein. Die Menge teilte sich vor ihm. Steen schob sich die Prinz-Heinrich-Mütze in den Nacken und hielt den Ausweis noch einmal in verschiedene Richtungen hoch.

Das Stimmengewirr um ihn herum verebbte.

»Moin erstmal«, sagte Steen dann in gedämpfterem Ton. Steens Temperament war normalerweise eher ruhig. Dass er mal die Stimme erhob, kam selten vor. Aber es sollte sich niemand in ihm täuschen! Wenn es nötig wurde, war er durchaus dazu in der Lage, auch laut zu werden. Steen hatte die Erfahrung gemacht, dass die Wirkung dabei am größten war, wenn man dieses Mittel wohl dosierte. Und so sprach er jetzt sehr viel leiser, wie jemand, der die Ruhe behielt und sich darum bemühte, die Situation zu ordnen.

»Moin!«, kam es ihm gemurmelt entgegen.

»Mein Name ist Steen, ich bin Kriminalhauptkommissar bei der Kripo hier in Emden«, gab er dann noch einmal die Langversion seiner persönlichen Vorstellung. »Es scheint hier irgendetwas vorgefallen zu sein, was möglicherweise in meinen Arbeitsbereich fällt.«

»Hier ist ein Toter auf dem Schiff«, sagte nun ein Mann. Er trug einen Handwerker-Overall. Aus einer Tasche am Bein ragte ein Zollstock.

»Wer sind Sie?«, fragte Steen.

»Enno Wessels. Ich arbeite für die Firma Dröver aus Moordorf. Der Chef hat mich und meinen Kollegen hierher geschickt, um schon mal Material und Werkzeug herzubringen, denn wir wollen in den nächsten Tagen mit den Arbeiten an dem Torfschiff hier beginnen. Und da der Kollege und ich sowieso nach Emden mussten, hat der Chef gesagt, dann können wir auch gleich das Zeug mitnehmen und schon mal an Bord bringen. Denn unser großer Transporter ist im Moment kaputt und in den kleinen passt nicht alles auf einmal rein …«

»Ich verstehe«, sagte Steen. »Aber mich interessiert in erster Linie der Tote, den es hier geben soll!«

»Der liegt im Schiff«, sagte Herr Wessels. Seine Gesichtsfarbe war eigentlich sonnengebräunt, da er wohl viel an der frischen Luft war. Und auch wenn die Sommer in Ostfriesland nicht ganz so mild sind wie anderswo und vor allem nie so heiß wie im Binnenland, so schien doch die Sonne trotzdem intensiv genug, um ein Gesicht braun werden zu lassen. Aber das Gesicht von Herrn Wessels hatte eine sehr blasse Farbe angenommen. Was immer er auch gesehen haben mochte, es musste furchtbar sein.

»Dann zeigen Sie mir mal, was Sie gesehen haben«, sagte Steen.

Zusammen mit Wessels stieg er an Bord. Die Luke zum Laderaum war offen. Im Inneren kniete ein zweiter, jüngerer Mann neben einem Toten.

Dass der Tote wirklich tot war, daran konnte niemand einen Zweifel haben. Seine Augen waren starr. Und in Herzhöhe hatte er eine schwerwiegende Verletzung.

Auf den ersten Blick sah es für Steen nach einer Schussverletzung aus.

»Moin. Sie sind der Kollege von Herrn Wessels?«, fragte Steen – eine Vermutung, die aufgrund des Firmenlogos und des Overalls nahelag.

»Ja.«

»Steen, Kripo Emden. Ihr Name?«

»Jan Zwitzers.«

»Sie arbeiten auch für die Firma Dröver aus Moordorf?«

»Ja.«

Steen wandte sich an Wessels. »Ist außer Ihnen beiden noch jemand im Laderaum gewesen?«

»Nein«, versicherte Wessels. »Nur der Jan und ich.«

»Gut«, sagte Steen. »Dann kommen Sie bitte da unten weg, Herr Zwitzers. Und Sie beide möchte ich danach bitten, sich hier zur Verfügung zu halten, bis ein Kollege kommt, der Fingerabdrücke von Ihnen nehmen kann.«

»Ich war das nicht!«, meinte Jan Zwitzers empört.

»Das habe ich auch nicht gesagt«, erklärte Steen ruhig. »Aber Sie haben doch hier alles angefasst, und wenn wir unsere kriminaltechnischen Untersuchungen machen, dann müssen wir Ihre Fingerabdrücke von denen unterscheiden können, die da eventuell sonst noch zu finden sind. Und jetzt raus da bitte! Ehe Sie noch mehr Spuren hinterlassen, Herr Zwitzers ...«

Zwitzers gehorchte.

Steen fiel auf, dass neben dem Toten eine Mütze lag. Eine Postbotenmütze.

Steen griff zum Handy und telefonierte mit seiner Dienststelle. Sein Kollege Kriminalhauptkommissar Ulfert Jansen war am Apparat.

»Moin, hier Steen.«

»Moin Steen. Wir haben dich hier schon vermisst.«

»Ihr müsst zum Delft kommen. In dem alten Torfschiff, das da jetzt seit kurzem festgemacht wurde, ist ein Toter gefunden worden. Vermutlich ein Postbote, aber Näheres wird sich wohl bald herausstellen.«

»Bin schon unterwegs«, sagte Ulfert.

»Altje und Johnny müssen auch mitkommen. Bring das erkennungsdienstliche Zubehör mit, ruf schon mal in der Gerichtsmedizin in Oldenburg an, damit der Tote abgeholt wird, und außerdem könnten wir noch ein paar weitere Kollegen gebrauchen, die dafür sorgen, dass hier der nötige

Abstand eingehalten wird. Es haben sich hier schon jede Menge Leute angesammelt.«

»Wird erledigt, Steen.«

»Bis dahin halte ich hier schon die Stellung, Ulfert.«

»Tschüss.«

»Bis gleich.«

Steen beendete das Gespräch.

»Ich kenne den Mann im Schiff«, sagte jetzt Zwitzers, der inzwischen neben Wessels am Ufer stand.

Steen ging wieder von Bord und sagte: »Erzählen Sie mir gleich davon, Herr Zwitzers.« Dann wandte er sich an die Passanten. »Ich darf Sie jetzt bitten, den Bereich unmittelbar vor dem Schiff komplett zu verlassen. Sie trampeln nämlich vermutlich auf Spuren herum – oder dem, was davon jetzt noch übrig geblieben ist. Im Moment habe ich nichts da, um den Bereich zu markieren und abzusperren. Ich hoffe, dass das auch so klappt.«

Ein Gemurmel entstand.

Aber dieses Gemurmel war Steen zu indifferent.

»Wie immer ist die Polizei – dein Freund und Helfer – auf die Mithilfe der Bevölkerung angewiesen«, sagte Steen daher. »Also – klappt das nun in diesem Fall?«

Diesmal war die einhellige Antwort ein klares »Jo«.

»Gut«, sagte Steen. »Wenn jemand glaubt, irgendwelche sachdienlichen Hinweise machen zu können, sollte er sich noch etwas hier zur Verfügung halten. In Kürze kommen Kollegen, die dann Ihre Aussagen aufnehmen können. Etwas Geduld also bitte.« Dann wandte sich Steen an Jan Zwitzers. »Sie sagten, Sie kennen den Toten.«

»Ja, das ist Markus Oltrogge.«

»Woher kennen Sie ihn?«

»Der ist seit einiger Zeit bei uns Postbote. Seit der Gretus Dirks, der das vorher jahrzehntelang gemacht hat, in den Ruhestand gegangen ist.«

»Sie kennen den Vornamen Ihres Postboten?«, hakte Steen nach.

»Naja, man kommt ja so ins Gespräch. Ich treffe ihn ja nicht so oft, weil ich meistens auf der Arbeit bin, wenn er bei uns ankommt. Aber mein Opa, der ist ja Rentner. Und der hat sich schon öfter mal ziemlich ausführlich mit ihm unterhalten. Meine Frau und ich wohnen bei den Großeltern in der Einliegerwohnung. Und Opa, der hat jetzt herausgefunden, dass die Mutter von Markus Oltrogge die Schwester unserer Großtante ist und damit sozusagen über drei Ecken verwandt.«

»Wohnte der Herr Oltrogge auch in Moordorf?«, fragte Steen.

»Nein, der hatte eine Wohnung in Emden. Ich glaube, in Port Arthur/Transvaal. Eigentlich wollte der auch gar nicht so gerne den Bezirk in Moordorf übernehmen. Da musste der ja jeden Tag mit dem Auto rausfahren. Bei seinem Vorgänger war das was anderes, der kam ja aus Moordorf und kannte jeden … Aber er hatte halt einen Führerschein – und die anderen Kollegen nicht, die infrage gekommen wären. Allerdings glaube ich, dass er sich mit der Zeit ganz gut mit der Tatsache arrangiert hatte, dass er nun in Moordorf mit dem Wagen herumgurken musste …«

»Seine Kollegen bei der Post haben keinen Führerschein?«, wunderte sich Steen.

Jan Zwitzers zuckte mit den Schultern. »Das hat der Markus so erzählt. Dann wird's ja wohl stimmen.«

»Sicher.«

»Ich meine, in Emden selber, da braucht man doch höchstens ein Fahrrad, oder sehe ich das falsch?«

Steen hatte keine Lust, diesen Punkt weiter zu vertiefen. Er wandte sich an Herrn Wessels. »Können Sie auch irgendetwas über Markus Oltrogge sagen?«, erkundigte sich der Kommissar.

»Nee«, sagte Wessels. »Also nicht mehr, als der Jan schon gesagt hat.«

»Hm.«

»Der Herr Oltrogge hat eben die Post in der Gegend ausgetragen. Und soweit ich gehört habe, hat sich auch niemand über ihn beschwert. Im Gegenteil.«

»Was meinen Sie mit im Gegenteil?«, hakte Steen nach.

Wessels zuckte mit den Schultern und verschränkte die Arme vor der Brust. »Naja, er hat der einen oder anderen Oma auch mal was aus der Stadt mitgebracht. Und die Post mitgenommen. Wir haben nämlich nur einen Postkasten in Moordorf. Sind im Laufe der Zeit immer weniger geworden, jetzt ist nur noch einer da, und so, wie man den Sparfuchs-Verein von der Post kennt, ist es nur noch eine Frage der Zeit, wann der auch weg ist. Aber das ist nur meine private Meinung.«

»Verstehe.«

»Aber das wird man ja wohl noch sagen dürfen.«

»Dürfen Sie«, versicherte Steen. »Aber mal eine andere Frage an Sie beide: Können Sie sich irgendeinen Grund vorstellen, wieso jemand einen offenbar beliebten Postboten umbringen sollte?«

Sowohl Wessels als auch Zwitzers schüttelten den Kopf.

»Ich glaub nicht, dass das einer von uns aus Moordorf war«, meinte Wessels. »So viel kann man, denke ich, wohl sagen.«

»Gut, das wäre es im Moment fürs Erste«, sagte Steen. »Ich brauche dann noch Ihre Personalien, falls ich noch weitergehende Fragen an Sie habe.«

»Wenn wir Ihnen irgendwie weiterhelfen können, sagen Sie jederzeit Bescheid«, gab Wessels zurück.

Und Jan Zwitzers meinte: »Ich hoffe, Sie kriegen den Täter.«

*

Es dauerte nicht lange, bis die Kollegen eintrafen. Auch wenn es von der Dienststelle aus nicht weit war, kamen die mit zwei Dienstfahrzeugen. Das eine fuhr Ulfert Jansen, ein jüngerer Kollege, der ein paar Jahre in Berlin beim BKA Dienst getan hatte, bevor er schließlich in seine ostfriesische Heimat zurückgekehrt war. Aber die Erfahrungen, die Ulfert in seinen Berliner Jahren gesammelt hatte, waren für das Team sehr wertvoll. Insbesondere war er bei der erkennungsdienstlichen

Arbeit und der Tatortanalyse auf dem neuesten Stand der Kriminalistik – was man von Steen nicht unbedingt behaupten konnte. Die Entwicklung schritt in diesem Bereich so schnell fort, dass wohl die meisten Kollegen Mühe hatten, da allein durch Fortbildungen einigermaßen Schritt zu halten. Insofern war Steen sehr froh, Ulfert Jansen in seinem Team zu haben, und es machte dem Leiter der Mordkommission auch nicht das Geringste aus, anzuerkennen, dass der Jüngere in manchen Dingen einfach die Nase vorn hatte, wie man im Norden so sagt.

In dem anderen Einsatzfahrzeug saßen zwei uniformierte Kollegen: Polizeimeisterin Altje Remels war das, was man früher in Modekatalogen euphemistisch als vollschlank bezeichnete. Das war auch sicher ein Grund dafür, dass ihre Uniform irgendwie immer den Eindruck machte, nicht richtig zu sitzen. Ihr strohblondes, schulterlanges Haar konnte man als sturmgekämmt bezeichnen. Aber als Nebenerwerbslandwirtin, die auf dem Hof ihrer Eltern lebte und diese bei der Bewirtschaftung, so gut es ging, unterstützte, blieb der resoluten Altje wohl einfach auch nicht genug Zeit dafür, sich mit solchen Äußerlichkeiten länger abzugeben als gerade notwendig. Polizeimeister Johnny Volkerts war neu auf der Dienststelle und dorthin versetzt worden, nachdem der Kollege Ihno Purwin in den wohlverdienten Ruhestand gegangen war. Volkerts war hochgewachsen und ging immer betont aufrecht – aber das war nicht der wichtigste Unterschied zu der eher gedrungen wirkenden Altje Remels. Während es nämlich Altje mit den Vorschriften nicht immer ganz so genau nahm, wie die Dienstordnung das eigentlich vorsah, deckte der Kollege Volkerts eher die andere Seite des Spektrums an Ordnungsliebe, Pflichterfüllung und Vorschriftentreue ab. Volkerts nahm es in der Regel nämlich sehr genau. Fünfe gerade sein zu lassen war für ihn schon fast so etwas wie ein Sakrileg. Dass Volkerts die Akten auf der Dienststelle nach Vorgabe des Ministeriums umsortiert hatte, hatte Steen ihm in der Zwischenzeit erst halb verziehen. Dem Umstand, dass jetzt alles den Sortiervorgaben des Ministeriums entsprach, konnte der Kommissar bisher keinerlei positive Aspekte abgewinnen. Er fand nämlich jetzt ohne Johnny Volkerts' Hilfe kaum noch etwas wieder.

Johnny Volkerts nahm eine sehr aufrechte Haltung an, während Altje Remels erst einmal tief durchatmete und sich mit ein paar hektischen Handbewegungen die Haare aus dem Gesicht strich, die der aufkommende Wind ihr dorthin geweht hatte.

Ulfert Jansen hatte den erkennungsdienstlichen Koffer dabei, in dem er alles Nötige verstaut hatte, um Untersuchungen am Tatort durchzuführen.

»Der Tote heißt Markus Oltrogge, wohnt in Emden und hatte als Postbote den Bezirk in Moordorf«, sagte Steen zusammenfassend. »Todesursache ist mutmaßlich eine oder mehrere Schussverletzungen.«

»Klingt so, als hättest du den Fall schon allein durchs Hingucken fast gelöst«, meinte Altje.

»Altje will damit sagen, dass wir eigentlich gar nicht hätten kommen brauchen«, lautete der Kommentar von Ulfert Jansen.

»Ja, also ganz so vielleicht nicht«, schränkte Altje ein.

Johnny Volkerts machte ein angestrengtes Gesicht und rekapitulierte noch einmal die Fakten: »Männliche Person tot aufgefunden, Fremdverschulden wahrscheinlich, überwiegend aufenthältlich in Emden und Moordorf …«

»So kann man das natürlich auch ausdrücken«, meinte Steen. Und dabei fragte er sich: Spreche ich auch schon so seltsam und merke es vielleicht gar nicht? Seine Eltern hatten immer großen Wert darauf gelegt, dass er hochdeutsch sprach – und nicht platt wie die Großeltern. Das sei wichtig, um im Beruf später gut zurechtzukommen. Steen hatte damals nicht geahnt, dass der wirkliche Feind von gutem Hochdeutsch gar nicht Plattdeutsch war, sondern Polizeideutsch. Und genau so, wie viele Zugezogene irgendwann auch »Moin« sagten, wenn sie nur lange genug in Ostfriesland lebten, so war es eigentlich auch nur eine Frage der Dienstjahre, wann man damit anfing,

Sätze zu bilden wie »Eine männliche Person ist aufenthältlich in Emden« anstatt »Ein Mann wohnt in Emden«.

Steen hatte immer gehofft, so eine Sprechweise für sich persönlich vermeiden zu können. Schließlich gab er sich diesbezüglich ja große Mühe. Der Umstand, dass diese Entwicklung beim Kollegen Johnny Volkerts offenbar schon wesentlich weiter fortgeschritten war als bei Steen, konnte den Kommissar nicht wirklich trösten.

»Also, Kollegen: Folgende Aufgaben liegen an«, sagte Steen jetzt. »Es muss dafür gesorgt werden, dass niemand im unmittelbaren Bereich vor dem Schiff herumtrampelt und alle den nötigen Abstand einhalten. Und außerdem müssen die Aussagen und Personalien der Leute aufgenommen werden, die irgendetwas zur Sache zu sagen haben.«

»Tja, da wäre wohl etwas Flatterband das probate Mittel zur Abstandserzwingung«, meinte Johnny Volkerts. »Haben wir alles dabei. Ist im Kofferraum vom Dienstwagen.«

Altje Remels war in ihrer Aufmerksamkeit ganz offensichtlich weder bei Steen noch beim Kollegen Volkerts. Sie hatte eine junge Frau im Blick, die sich vor das Torfschiff stellte und ein Selfie mit dem Handy machte.

»Aber ganz flott wieder zurück!«, rief Altje.

»Häh?«, fragte die junge Frau.

»Weg da – oder bist du doof?«

Die junge Frau drehte sich zu ihren Freundinnen um. »Die fette Kuh hat mich beleidigt! Das ist Polizeigewalt!«

Jetzt konnte sich Altje nicht mehr zurückhalten. Mit hochrotem Kopf ging sie auf die junge Frau zu.

»Doof sagt man hier in Ostfriesland für taub – falls du das nicht weißt«, sagte sie dann. »Aber ob du an den Ohren oder zwischen den Ohren doof bist, ist mir eigentlich auch ziemlich egal. Hauptsache, du trampelst hier nicht durch ein polizeiliches Untersuchungsareal. Und wer jetzt noch blöd kommt, wird verhaftet! Da gibt es nämlich lebenslänglich für. Ist das klar?«

Die junge Frau öffnete den Mund und schnappte wie ein Fisch auf dem Trockenen. Sie wollte anscheinend etwas sagen, aber es kam kein einziger Ton über ihre Lippen, während sie vor Altje zurückwich. Altje bückte sich, nahm ein herumliegendes kleines Steinchen auf und ritzte damit eine Linie. »Da geht niemand drüber. Und wer eine Leiche sehen will, der muss warten, bis der Wagen der Gerichtsmedizin aus Oldenburg kommt und den Toten abholt!«

»Altje, das war ein Beweisstück«, raunte Johnny Volkerts ihr zu.

»Was?«

»Der Stein, den du in der Hand hast.«

»Jetzt willst du mich auf den Arm nehmen.«

»Nee, ganz und gar nicht. Wissen wir, wie dieses Steinchen da hingekommen ist, wo du es aufgehoben hast?«

Altje machte nur eine wegwerfende Handbewegung.

Inzwischen war Ulfert Jansen längst an Bord des Torfschiffs gegangen, um sich einen Eindruck zu verschaffen.

Altje und Volkerts begannen damit, die Aussagen von ein paar Leuten aufzunehmen, die meinten, etwas zur Klärung des Falles beitragen zu können.

Steen stand gedankenverloren da und ließ den Blick über die Szenerie schweifen.

Wie kam der Tote ins Torfschiff?, fragte er sich. Das war die erste Frage, die beantwortet werden musste. Steen glaubte, dass auf keinen Fall der Fundort der Leiche auch mit dem Tatort gleichzusetzen war. Natürlich musste man die genaueren Untersuchungen abwarten, aber Steens untrüglicher Instinkt sagte ihm, dass dieser Postbote woanders gestorben sein musste.

»Ach, Herr Zwitzers und Herr Wessels!«, wandte sich Steen dann noch einmal an die beiden Handwerker von der Firma Dröver aus Moordorf.

»Was ist noch, Herr Kommissar?«, fragte Jan Zwitzers.

Und Herr Wessels meinte: »Wann können wir denn unsere Sachen in den Laderaum vom Schiff bringen? Sobald wohl nicht, schätze ich.«

»Das schätzen Sie richtig«, sagte Steen und ging auf die beiden Männer zu. »Das heißt, wir müssen unser Zeug wieder mit nach Moordorf nehmen?«, fragte Herr Wessels wenig von der Aussicht begeistert.

»Ja, das tut mir sehr leid für Sie, aber es ist nun mal, wie es ist. Und daran lässt sich leider kurzfristig auch nichts ändern.«

»Das ist nicht gut«, meldete sich Herr Wessels.

»Was anderes: Sie kommen doch beide aus Moordorf – und Ihre Firma auch.«

»Ja«, sagten Wessels und Zwitzers wie aus einem Mund.

»Ist der Tote, Herr Oltrogge, gestern noch mit der Post in Moordorf unterwegs gewesen? Ist Ihnen das aufgefallen?«

»Das ist er«, sagte Zwitzers.

»Morgens war er bei uns in der Firma, da haben wir kurz miteinander geschnackt«, warf Wessels ein.

»Und bei uns zu Hause war er erst, als ich schon Feierabend hatte. Er war wohl ziemlich spät dran, aber manchmal ist eben viel zu tun.«

»Wann war das?«, fragte Steen.

Zwitzers zuckte mit den Schultern. »So gegen fünf Uhr, würde ich sagen. Vielleicht halb sechs. Es war wirklich sehr spät …«

»Aber manchmal trödelte der Oltrogge auch ziemlich herum«, mischte sich nun wieder Wessels ein. »Der hat doch mit jedem einen kleinen Schnack gehalten und dann von Gott und der Welt erzählt.«

»Mein Vater sagt immer, irgendwie müssen sich Neuigkeiten ja verbreiten«, meinte Zwitzers. »Und wenn es keine Postboten gäbe …«

»Ach, min Jung, heute gibt's doch Internet«, sagte Wessels. »Naja, ein bisschen ist vielleicht dran.«

»Ich glaube, die älteren Herrschaften haben ganz gerne mit dem Markus gequatscht«, sagte Zwitzers. »Der konnte auch gut auf die eingehen.«

»Naja, ich bedanke mich dann erstmal bei Ihnen für Ihre Auskünfte«, sagte Steen.

Sein Blick glitt erneut über das Torfschiff und über den Bereich davor. Er versuchte sich vorzustellen, was wann passiert war. Zwischen fünf und sechs Uhr am späten Nachmittag oder frühen Abend, ganz gleich, wie man das jetzt bezeichnen wollte, war Markus Oltrogge noch in Moordorf mit der Postauslieferung beschäftigt gewesen. Das bedeutete, er war vermutlich nicht vor halb sieben zurück in Emden gewesen, um sein Dienstfahrzeug abzugeben. Ob er das getan hatte, würde sich leicht überprüfen lassen. Er hat also am Abend noch gelebt, dachte Steen. Dass jemand eine unverpackte Leiche in den Laderaum des Torfschiffs werfen konnte, ohne dass das jemand mitbekommen hätte, war unwahrscheinlich. Zumindest, solange es hell gewesen war. Genauso unwahrscheinlich war, dass der Mord bei Helligkeit in unmittelbarer Nähe der Anlegestelle stattgefunden hatte. Schließlich war der Bereich um den Ratsdelft auch am Abend noch durch Passanten frequentiert. Ein Schussgeräusch war von niemandem gemeldet worden, aber das musste nichts heißen. Erstens gab es Schalldämpfer und zweitens konnte ein Schuss im Verkehrslärm einer Stadt auch schon mal untergehen oder für eine Motorfehlzündung gehalten werden.

Und dann fiel Steen eine dunkle Stelle an einem Laternenmast auf.

Steen ging hin, um sich das genauer anzusehen.

Da war ein Loch im Metall. Und auf der gegenüberliegenden Seite konnte man eine kleine Ausbuchtung sehen. Das Material hatte sich verformt. Rund um das Loch war ein brauner Belag zu sehen. Vielleicht Blut, dachte Seen.

Inzwischen waren ein paar weitere Kollegen zur Verstärkung gekommen. Einen davon rief Steen zu sich. »Hier darf niemand dran!«, sagte Steen.

»Was ist damit?«

»Ich vermute, dass das ein Einschussloch ist. Das Projektil ist durch das Opfer durchgeschlagen, hat Blut und vielleicht mehr mit sich gerissen und ist hier in den Laternenmast geschlagen.«

»Aber nicht durch«, stellte der Kollege fest. Er hieß Barstrup und war eigentlich für die Fahrausbildung an Grundschulen zuständig. Aber wenn Not am Mann war, dann musste man eben überall aushelfen.

»Nee«, sagte Steen. »Die Kugel wurde ja schon beim Durchschuss durch den Körper stark abgebremst. Irgendwo bleibt sie dann eben stecken.«

»Heißt das, die ist jetzt in dem Mast drin?«

»Ja, das nehme ich an.«

»Uh, das wird aber kniffelig, da dranzukommen. Soll ich mal mit jemandem von der Stadt telefonieren, dass da wer kommt?«

»Mach das, Barstrup«, sagte Steen. Er kannte Barstrup nur beim Nachnamen. Den Vornamen wusste er gar nicht und viel hatten sie sonst auch nicht miteinander zu tun – abgesehen davon, dass sie sich ab und zu im Gebäude der Dienststelle begegneten. »Moin, Barstrup« – »Moin, Steen!«, das war normalerweise ihr Standard-Dialog und bisher waren ihre Unterhaltungen auch kaum darüber hinausgegangen. Aber normalerweise hatten sie ja auch kaum etwas miteinander zu besprechen. Heute war das anders.

Steen machte zwei Schritte vom Laternenmast weg. Hier musste das Opfer gestanden haben. So ungefähr jedenfalls. Ulfert würde das vielleicht noch genauer herausbekommen. Und die Person, die ihn ermordet hatte, war auch hier gewesen und hatte ihm mutmaßlich genau gegenübergestanden. Das kann nur bei Nacht stattgefunden haben, dachte Steen. Sonst wäre das bemerkt worden. Ein nächtliches Treffen mit einem mysteriösen Unbekannten, das für einen der beiden tödlich ausgegangen war.

*

Steen betrat das Torfschiff. In seiner Kindheit hatten längst Lastwagen die Torfschiffe als bevorzugtes Verkehrsmittel in Ostfriesland abgelöst. Aber sein Vater und sein Großvater hatten ihm viel von diesen Schiffen erzählt, die früher die Kanäle und Tiefs befahren hatten. Torf in die Dörfer oder zu den Bauern bringen, Mist von den Bauern im Gegenzug abholen. Dafür waren die bauchigen Schiffe, deren Form Steen immer ein bisschen an einen überdimensionalen Holzschuh erinnert hatte, in erster Linie zuständig gewesen. Aber im Laufe der Zeit war Gas an die Stelle von Torf als bevorzugter Brennstoff getreten und die wenigen Torfschiffe, die noch in Betrieb blieben, wurden zu Ausflugsschiffen umgerüstet.

Steen sah von oben in den Laderaum, wo der Kollege Ulfert Jansen mit der Spurensicherung beschäftigt war.

»Bin noch nicht sehr viel weitergekommen«, sagte Ulfert. »Und die Kollegen der Gerichtsmedizin aus Oldenburg brauchen noch ein bisschen.«

»Stau?«, fragte Steen. Es war eigentlich nur eine rhetorische Frage. Von Oldenburg nach Emden zu kommen, war nicht immer ein Vergnügen. Vor allem dann nicht, wenn mal wieder an allen neuralgischen Punkten gleichzeitig Autobahnbaustellen aufgemacht wurden. Wer immer das koordinierte, der musste es gut mit Mördern meinen, die ihre Taten nicht in Oldenburg und Umgebung selbst, sondern beispielsweise in Ostfriesland begingen. Jeder zeitliche Verzug, das wusste Steen nur zu gut, nützte immer nur einem: dem Täter.

»Naja, die Todesursache dürfte ja auch nicht weiter strittig sein«, sagte Steen.

»Es gibt zwei Einschusswunden und eine Austrittswunde auf dem Rücken«, sagte Ulfert.

»Die Kugel steckt mutmaßlich im Laternenmast«, eröffnete Steen dann, was er herausgefunden hatte.

Ulfert sah auf. »Das heißt, die Tat hat hier stattgefunden.«

»Ja. Direkt vor dem Schiff. Ich vermute, es ist irgendwann in der Nacht gewesen. Zu einer Zeit, da hier niemand mehr herumläuft.«

»Ich habe ein Handy und die Papiere dcs Toten sowie seinen Schlüsselbund sichergestellt«, erklärte Ulfert. »Seine Adresse ist in …«

»Port Arthur«, sagte Steen.

»Kannst du hellsehen?«, fragte Ulfert verwundert.

Steen schüttelte den Kopf. »Leider nicht. Aber einer der Handwerker aus Moordorf, die den Toten hier gefunden haben, als sie die Luke des Laderaums öffneten, hat erwähnt, dass Markus Oltrogge in Port Arthur/Transvaal gewohnt hat.«

»Über die Nesserlander Straße etwa zwanzig Minuten zu Fuß von hier«, stellte Ulfert fest.

»Könnte er nicht mit dem Wagen hier gewesen sein?«

»Nein. Am Schlüsselbund war kein Autoschlüssel. Natürlich werde ich noch feststellen, ob irgendein Fahrzeug auf ihn zugelassen war, aber er hatte definitiv keinen Fahrzeugschlüssel dabei.«

»Ich würde mich da gerne mal umsehen, Ulfert.«

Der jüngere Kollege warf Steen die Schlüssel zu. Sie waren sorgfältig eingetütet. »Ist noch nicht abgespurt, aber ehrlich gesagt, glaube ich nicht, dass da irgendetwas dran ist, was für uns interessant sein könnte, Steen.«

»Gut. Was ist mit dem Handy?«

»Ich komme nicht ins Menü«, sagte Ulfert. »Wir müssen erst das Passwort knacken.«

»Schade. Herr Oltrogge hat sich hier mit einem Unbekannten getroffen, und wenn das eine Art Verabredung war, dann läge es ja nahe, dass er vorher mit Herrn Unbekannt telefoniert hat.«

»Oder mit Frau Unbekannt«, gab Ulfert zu bedenken und zuckte mit den Schultern. »Könnte ja auch eine Frau gewesen sein, die ihn erschossen hat.«

»Natürlich.«

»Vielleicht eine Beziehungstat. Ein Eifersuchtsdrama. Eine Aussprache mit einer Ex-Partnerin, die aus dem Ruder geraten ist.«

Steen schüttelte den Kopf. »Nein, das glaube ich eigentlich weniger.«

»Wieso?«

»Der Treffpunkt passt irgendwie nicht so richtig dazu.«

»Man steckt da nicht drin, Steen.«

»Nee, tut man nicht«, gab Steen zu.

»Ich habe mir mal angesehen, wie die Luke des Laderaums verschlossen war«, sagte Ulfert dann. »Also das hätte jeder aufmachen können, so einfach geht das.«

»Naja, einen leeren Laderaum muss man ja vielleicht auch nicht gesondert sichern, oder?«

»Nein.«

»Zudem sollte das Schiff ja auch erst noch renoviert werden.«

»Aber wäre doch trotzdem interessant zu erfahren, ob der Täter von Anfang an geplant hat, die Leiche seines Opfers hier zu verbergen – oder ob das eher ein spontaner Einfall war.«

»Weil die Situation plötzlich aus irgendeinem Grund eskalierte und es dann zu dem Mord kam.«

»Genau.«

Steen schüttelte den Kopf. »Der Täter hatte ja eine Waffe zum Treffpunkt mitgenommen. Er hat also damit gerechnet, dass so etwas eintreten könnte. Und dass es eine Frau gewesen sein kann, glaube ich ehrlich gesagt auch nicht. Denn der Täter muss die Leiche ja irgendwie an Bord geschafft haben – sofern er nicht Hilfe hatte.«

»Ich glaube nicht, dass er Hilfe hatte«, sagte Ulfert.

»Wieso?«

»An den Fersen der Schuhe sind Spuren.«

»Schleifspuren?«

»Ich denke ja.«

Steen atmete tief durch. »Ich nehme an, dass die Gerichtsmedizin dazu noch etwas mehr feststellen kann.«

»Es sollten sich entsprechende Hämatome finden lassen, falls unsere Vermutung zutrifft.«

»Ich werde mich dann mal in der Wohnung von Herrn Oltrogge umsehen. Mal sehen, was mich da erwartet …« Steen bemerkte den Blick seines Kollegen, und noch ehe dieser etwas sagen konnte, erklärte er: »Ich werde so wenig wie möglich anfassen und zusehen, dass ich keine erkennungsdienstliche Wüste hinterlasse.«

»Ich habe nichts gesagt, Steen!«

»Aber du wolltest, Ulfert.«

Kapitel 3

Steen ging das Stück bis zu Markus Oltrogges Adresse zu Fuß. Zwanzig Minuten Fußmarsch vom Ratsdelft nach Port Arthur war jetzt genau das Richtige für ihn, um seine Gedanken zu ordnen und einen klaren Kopf zu bekommen.

Steen schloss den Reißverschluss seines uralten Bundeswehrparkas, der ihm bereits seit Jahrzehnten gute Dienste tat und ihm das Wetter vom Leib hielt. Sonne, Wind und ab und zu mal eine Wäsche hatten das gute Stück inzwischen etwas ausgebleicht. So richtig original-grün war der Parka nicht mehr. Die Prinz-Heinrich-Mütze setzte sich Steen so auf den Kopf, dass sie nicht gleich beim ersten Windstoß wegwehte, denn heute wehte es ganz schön kräftig. Immer wieder kamen Böen auf, die durch die Häuserzeilen von Emden fegten.

Der Trick, um seine Mütze auch bei heftigem Wind auf dem Kopf zu behalten, bestand im Wesentlichen darin, dass man dafür sorgte, dass der Schirm tief genug ins Gesicht gezogen wurde. Der Wind durfte nicht unter den Schirm greifen. Dann war jede Mütze im Handumdrehen weg. Aber wer hier aufgewachsen war, wusste das.

Steen ging mit schnellem, energischem Schritt.

Die Adresse von Markus Oltrogge erreichte er sogar schneller als in den vermuteten zwanzig Minuten.

Der Postbote wohnte im Dachgeschoss eines zweistöckigen Hauses mit insgesamt drei Mietparteien. Der Haustürschlüssel passte immerhin. Und in Markus Oltrogges Briefkasten steckte die Post von heute. Steen fand den passenden Schlüssel an dem Schlüsselbund, den Ulfert bei dem Ermordeten gefunden hatte. Es war auf den ersten Blick nichts Besonderes dabei. Eine Rechnung von einem Versandunternehmen, eine Zeitschrift für Philatelisten und reichlich Reklame.

Dass Markus Oltrogge offenbar Briefmarkensammler war, passte irgendwie zu einem Postboten. Allerdings konnte man das auch anders sehen, dachte Steen. Wollte man etwas, womit man schon beruflich zu tun hatte, wirklich auch noch zu seinem

Hobby machen? Aber vielleicht war es bei Markus Oltrogge ja auch andersherum gewesen und er hatte sich seinen Beruf so gewählt, dass er seinen persönlichen Neigungen besonders nahe kam.

Steen betrat den Flur des Hauses. Die Tür fiel hinter ihm ins Schloss. Er ging die Treppe hinauf, erreichte das Obergeschoss und schließlich das Dachgeschoss.

Während er den passenden Schlüssel heraussuchte, hörte er plötzlich von unten ein Geräusch. Schritte. Und dann drang der Klang einer strengen Lehrerinnenstimme an sein Ohr.

»Hallo, guten Tag, wer sind Sie denn?«, wurde Steen in astreinem Hochdeutsch zur Rede gestellt. »Was machen Sie denn da an der Tür vom Herrn Oltrogge?«

Steen trat ans Geländer und blickte hinab.

Auf dem Absatz, der zu der Wohnung im ersten Stock gehörte, stand eine zierliche Mittsiebzigerin. Sie trug ein dunkelblaues Kleid mit einer etwas überdimensioniert wirkenden weißen Schleife um den Hals. Ihr Haar war grau und kinnlang. Der Blick durchdringend und mit einer immanenten ›Was-hast-du-wieder-angestellt?‹-Botschaft. Ihre Körpersprache unterstützte diesen Eindruck noch, denn einen Arm hatte sie in die Hüfte gestemmt.

»Moin erstmal«, sagte Steen.

»Guten Tag«, gab die Mittsiebzigerin zurück. Dass sie nicht ›Moin‹ sagte, war in diesem Fall sicher ein Statement. »Was machen Sie da oben und wer sind Sie?«, wiederholte sie unerbittlich ihre Fragen.

Mit Sicherheit eine ehemalige Lehrerin, dachte Steen. Da ging er nahezu jede Wette ein.

Steen suchte nach seinem Dienstausweis und es dauerte ein paar Augenblicke, bis er ihn schließlich in einer seiner Taschen gefunden hatte. Parka, Jackett, Hose – da gab es ja schließlich eine größere Anzahl von Möglichkeiten und seltsamerweise war es immer die falsche Tasche, in der man zuerst suchte. Als er den Dienstausweis gefunden hatte, hielt er ihn in die Höhe und sagte: »Kriminalhauptkommissar Steen, Kripo Emden.«

»Hat der Oltrogge was verbrochen?«

»Und wer sind Sie?«

»Vielleicht möchte ich Ihren Ausweis doch mal aus der Nähe sehen. Es wurde in letzter Zeit vor Betrügern gewarnt, die sich als falsche Polizisten ausgeben.«

Steen ging das letzte Treppenstück zurück und traf die Mittsiebzigerin auf dem Absatz, der zum Obergeschoss gehörte. Dann zeigte er ihr den Ausweis noch einmal aus der Nähe. Die Frau trug eine Lesebrille, die sie an einer Kette um den Hals hängen hatte, sodass sie immer griffbereit war. Um Steens Ausweis gründlich zu prüfen, setzte sie die natürlich auf.

»Vielleicht sollte ich vorher noch bei Ihrem Vorgesetzten anrufen, um mich zu erkundigen«, sagte die Frau.

Steen atmete tief durch.

»Ich bin der Leiter unserer Abteilung und damit gewissermaßen selbst der Vorgesetzte. Und jetzt möchte ich wissen, wer Sie sind und in welcher Verbindung Sie zu Herrn Markus Oltrogge stehen.«

Die Mittsiebzigerin setzte ihre Brille wieder ab.

»Ganz schön frech, Ihr Auftreten!«

»Herr Oltrogge ist ermordet worden und ich bin Leiter der Mordkommission«, sagte Steen. »Ich untersuche den Fall und meine Aufgabe ist es, herauszufinden, wer dieses Verbrechen begangen hat. Da ich annehme, dass Sie Informationen dazu haben, haben Sie nun die Wahl: Ich kann hier mit Ihnen sprechen oder Sie auf unsere Dienststelle vorladen. Auf jeden Fall muss ich Ihre Personalien aufnehmen …«

»Ermordet?«, echote sie. Ihr Gesicht war schon zuvor recht blass gewesen, aber jetzt verlor es den allerletzten Rest an Farbe und wurde so aschgrau wie ihr Haar. Sie sah Steen mit einem Stirnrunzeln an. »Wer sollte denn so etwas tun?«

»Leider gibt es Menschen, die andere Menschen umbringen. Ich muss mich leider von Berufs wegen damit beschäftigen.«

»Aber den Herrn Oltrogge …« Sie schüttelte den Kopf.

»Es wäre sehr freundlich, wenn Sie mir helfen.«

»Natürlich.«

»Darf ich nun erfahren, wer Sie sind, oder muss ich erst die zwei Meter bis zu Ihrem Türschild gehen, meine Lesebrille aufsetzen und selber nachsehen, was da für ein Name steht?«

»Mein Name ist Brigitte Brüning.«

»Sie sind Lehrerin?«

»Gewesen. Ich bin pensioniert. Wie kommen Sie darauf?«

»Das war einfach nur eine Vermutung, Frau Brüning.«

Sie setzte ihre Brille auf und unterzog Steen nun einer eingehenden Musterung. Von oben bis unten. Dann setzte sie ihre Brille wieder ab. Na, welche Gesamtzensur bekomme ich denn jetzt?, ging es Steen durch den Kopf. Prüfung bestanden oder durchgefallen? Steen hatte das Gefühl, dass es davon abhing, ob das weitere Gespräch mit Frau Brüning sich eher leicht oder eher anstrengend gestalten würde.

»Sie scheinen einen guten Blick für Menschen zu haben«, stellte sie fest.

»Ohne den wäre ich in meinem Beruf ziemlich aufgeschmissen.«

»Das kann ich mir denken. Ich meine, ich sehe ja auch manchmal ein paar Krimis im Fernsehen. Allerdings langweilen die mich zunehmend. Ich weiß meistens schon nach den ersten zehn Minuten, wer der Täter ist. Aber abgesehen davon haben diese Serien sicher kaum etwas mit der Realität zu tun.«

»Das ist richtig«, sagte Steen. »Aber ehrlich gesagt, komme ich so gut wie gar nicht zum Fernsehen.«

»Sie verpassen nichts, glauben Sie mir. Und Lesen bildet im Übrigen auch mehr und hält das Gehirn fit. Schließlich muss man sich dabei alles selbst vorstellen.«

»Frau Brüning, wie gut kannten Sie Herrn Oltrogge?«, kam Steen jetzt etwas wenig elegant auf den Punkt. Aber er hatte eigentlich keine Lust, so lange zu warten, bis diese ehemalige Lehrerin sich völlig in Rage geredet hatte.

Sie verschränkte die Arme und zuckte mit den Schultern.

»Nun, wie man sich eben so kennt, wenn man gemeinsam in einem Haus wohnt. Herr Oltrogge war immer sehr hilfsbereit. Ich habe ihn einmal gebeten, mir eine Birne auszuwechseln, und diverse andere Kleinigkeiten dieser Art. Aber es war gar nicht so leicht, ihn überhaupt mal anzutreffen.«

Steen hob die Augenbrauen.

»Wieso?«

»Weil er kaum zu Hause war. Wissen Sie, ich hatte immer den Eindruck, dass er seinen Beruf sehr ernst nahm. Für eine Weile hatte er mal vertretungsweise sogar diesen Bezirk hier. Aber neuerdings musste er ja immer mit dem Wagen nach Moordorf fahren. Er mochte das gar nicht.«

»Hat er das gesagt?«

»Ja. Er war gern an der frischen Luft. Es machte ihm auch nichts aus, viel zu laufen oder mit dem Fahrrad zu fahren. Aber der Bezirk in Moordorf ist wohl mit Sicherheit viel zu groß, als dass er das zu Fuß oder mit dem Fahrrad hätte erledigen können. Das wäre völlig unmöglich gewesen. Aber sagen Sie, was ist denn eigentlich genau passiert?«

»Das kann ich Ihnen im Moment noch nicht sagen«, erklärte Steen.

»Aber ein paar Dinge wissen Sie doch sicher schon? Wo wurde er gefunden? Und wie genau ist Herr Oltrogge zu Tode gekommen?«

»Ich denke, das steht morgen alles im Neuen Ostfriesenblatt«, erklärte Steen ausweichend. »Wir werden heute Abend sicherlich noch eine Pressemeldung herausgeben, die die Öffentlichkeit über den Stand der Ermittlungen unterrichtet.«

»Sie wollen aus fahndungstaktischen Gründen nicht alles preisgeben, nehme ich an.«

»Man soll nicht zu viel sabbeln. Aber vielleicht können Sie mir ein paar Fragen beantworten.«

»Wenn ich etwas weiß, dann lasse ich Sie gerne daran teilhaben«, versicherte Frau Brüning.

»Gut, ich würde mich aber gerne zuerst in der Wohnung umsehen, um mir ein Bild zu machen. Dann komme ich eventuell nochmal auf Sie zurück. Ich nehme an, Sie sind zu Hause?«

»Klingeln Sie ruhig.«

Steen nickte. »Dann gehe ich jetzt mal meine Arbeit machen«, kündigte er an.

*

Steen betrat wenig später die Wohnung von Markus Oltrogge. Der Kommissar war einigermaßen überrascht. Die Wohnung bestand zu einem großen Teil aus einem einzigen Raum. Durch die Dachschräge konnte man nur im mittleren Bereich aufrecht stehen. Licht drang durch die Dachfenster herein. Dutzende von waschkorbgroßen Plastikboxen standen hier herum, alle bis zum Rand voll mit Postsendungen. Mehrere Wäscheleinen spannten sich kreuz und quer durch den Raum. Daran hingen geöffnete Briefe und die dazugehörigen Umschläge. Auf einen Beistelltisch waren geöffnete Postsendungen gestapelt. Die Umschläge waren so geöffnet worden, dass man mühelos an den Inhalt kam, die Kuverts aber problemlos wieder verschlossen werden konnten. Die Utensilien dazu befanden sich auf dem niedrigen Wohnzimmertisch. Ein Kessel, um Dampf zu erzeugen, Klebstoff, ein Brieföffner, Klebeband. Eine Packung mit einer zu zwei Dritteln aufgegessenen Pizza lag dort auch und verbreitete einen entsprechenden Geruch.

Steen griff zum Handy.

Zuerst telefonierte er mit Ulfert Jansen, der noch am Tatort beschäftigt war.

»Moin Steen. Du hast recht gehabt, eine Kugel steckt vermutlich im Laternenmast, die andere ist im Körper und ist wohl irgendwo steckengeblieben.«

»Ist der Gerichtsmediziner schon da?«

»Wo denkst du hin? Dr. Heinz steht noch im Stau. Ich rechne in einer halben Stunde mit ihm. Früher nicht. Aber noch was: Johnny hat mit einem Zeugen gesprochen, der meinte, dass in der Nacht die Straßenlaterne ausgefallen ist.«

»Wahrscheinlich, als der Schuss da reingegangen ist und die Stromleitung zerstört hat«, meinte Steen.

»So ist es. Wir sind noch nicht dazu gekommen, das abzuklären, aber es wohnen ja schließlich mehr Leute hier in der Gegend, die das vielleicht bemerkt haben. Möglicherweise bekommen wir auf diese Weise einen sehr konkreten Tatzeitpunkt, wie ihn uns vermutlich ansonsten nicht einmal Dr. Heinz von der Gerichtsmedizin aus Oldenburg liefern könnte.«

»Hm«, sagte Steen. »Das klingt gut. Ich habe hier auch etwas.«

»Dann schieß los, Steen.«

»Nee, ich hoffe, dass ich die Dienstwaffe heute nicht mehr brauchen werde«, gab Steen zurück.

Nachdem Ulfert daraufhin nichts sagte, fuhr Steen schließlich fort: »Das war ein Witz, Ulfert.«

»Wenn du das jetzt nicht direkt erwähnt hättest …«

»Was ist los? Hat Johnny dich mit seiner ernsten Humorlosigkeit inzwischen schon angesteckt?«

»Keine Sorge, Steen. Ich bin nur gerade gedanklich auf andere Dinge fokussiert als auf Spaß.«

»Tja, dann gebe ich deinen Gedanken jetzt mal was zu tun, Ulfert.«

»Wie meinst du das?«

»Ich befinde mich hier gerade in der Wohnung unseres ermordeten Postboten. Und was meinst du, was ich hier finde?«

»Keine Ahnung.«

»Jede Menge Post.«

»Wie meinst du das?«

»Es scheint so, als hätte Markus Oltrogge systematisch Post gehortet.«

»Meinst du, er ist einer von den berüchtigten Postboten, die Wertsachen entwenden?«

»Ich bin mir nicht sicher, worauf er es abgesehen hat. Aber er öffnet systematisch die Post, die er eigentlich zustellen sollte.

Und zwar so, dass die betroffenen Empfänger anschließend möglichst nichts merken … Aber so ganz steige ich noch nicht durch, worauf er es abgesehen hat.«

»Könnte sein, dass sich auf seinem Handy Hinweise befinden«, meinte Ulfert.

»Deswegen rufe ich an.«

»Ich werde tun, was ich kann, aber das wird ein bisschen knibbelig, Steen. Da kann ich erst drangehen, wenn wir hier beim Tatort fertig sind.«

»Schon klar. Wollte dir nur Bescheid sagen. Vielleicht informierst du auch Altje und Johnny kurz darüber. Ach ja – und nachher musst du dich dann auch noch hier umsehen und alles abspuren. Ich werde das, was ich hier vorgefunden habe, erstmal fotografisch dokumentieren.«

»Meinst du, diese Postsammelei von Herrn Oltrogge hat was mit seinem Tod zu tun?«

»Das weiß ich nicht«, sagte Steen. Sein Blick blieb an einem Regal haften. Auf den ersten Blick sah es wie ein Bücherregal aus, aber Steen begriff schnell, dass das keine Bücher waren, die da sorgfältig geordnet nebeneinander standen, sondern Briefmarkenalben. Darunter standen dicke Ordner mit den nach Jahrgängen sortierten Philatelisten-Zeitschriften, die Markus Oltrogge abonniert hatte. »Herr Oltrogge hatte neben dem Postsammeln und -öffnen noch ein anderes Hobby: Er war Briefmarkensammler«, sagte Steen. »In Bezug auf Hobby Nummer eins kann ich mir gleich ein halbes Dutzend Mordmotive vorstellen, bei Hobby Nummer zwei kein einziges. Aber vielleicht bin ich auch nur zu fantasielos … Naja, ich melde mich wieder, wenn ich was herausbekomme.«

»Bis nachher, Steen.«

»Tschüss.«

Steen beendete das Gespräch und begann damit, mit seinem Handy alles so zu fotografieren, wie er es vorgefunden hatte. Das war eine Menge Arbeit. Jedes einzelne der Blätter, das auf der Wäscheleine hing, fotografierte er. Dann konnte er sich die

Bilder später in Ruhe auf dem Handy oder dem Rechner auf der Dienststelle ansehen.

Eigenartig, ging es ihm durch den Kopf, da hängen Schreiben von Rechtsanwälten, behördliche Benachrichtigungen und persönliche, handschriftlich verfasste Briefe an nahestehende Personen Seite an Seite auf diesen Leinen. Warum? Was hatten diese Briefe gemeinsam?

Markus Oltrogge war ein systematischer und ordnungsliebender Mensch gewesen. So weit hatte Steen ihn inzwischen schon posthum kennengelernt.

Anders als in Bezug auf die Briefmarkenalben war in diesem Fall allerdings das Ordnungsprinzip nicht auf den ersten Blick erkennbar.

Nachdem Steen alles abfotografiert hatte, zog er sich Latexhandschuhe über. Schließlich wollte er Spuren suchen – und nicht vernichten. Es gab an technischen Geräten einen Fernseher mit Flachbildschirm, einen Laptop, eine Stereoanlage, die mindestens zwanzig Jahre alt war. Den Laptop würde Ulfert einfach zur Dienststelle mitnehmen, wenn er hierherkam, um die Wohnung abzuspuren. Steen öffnete ihn und stellte fest, dass er nicht einmal irgendwie gesichert war. Er stand im Standby. Steen konnte problemlos die E-Mails abrufen und sich den Verlauf des Browsers ansehen. Aber um daraus Erkenntnisse gewinnen zu können, die die Ermittlungen unterstützten, musste man sich erstmal durch einen ganzen Wust an Daten hindurcharbeiten. Markus Oltrogge hatte sehr viele E-Mails bekommen und offenbar trotz seines zeitintensiven Jobs bei der Post immer noch genug Zeit für aufwändige Internetrecherchen gefunden. Worum es da im Einzelnen gegangen war, konnte Steen nicht sofort feststellen.

Werde ich mir genauer ansehen müssen, dachte er. Aber er ahnte, dass das eine Sisyphus-Arbeit sein würde. Besser war es, wenn man schon vorher etwas genauer wusste, in welche Richtung das alles ging.

Ein Telefon gab es nicht in der Wohnung. Markus Oltrogge hatte es offenbar vorgezogen, fernmündlich ausschließlich mit dem Handy zu kommunizieren. Aber in dieser Hinsicht war er ja keineswegs eine Ausnahme. Wozu auch ein Festnetzanschluss, wenn man ohne nur wenig zu Hause war? Steen fand das trotzdem schade. Er hatte gehofft, vielleicht auf ein altmodisches Telefonregister oder dergleichen zu stoßen.

Steen sah sich auch im Bad und im Schlafzimmer um. Aber da fand er auf den ersten Blick nichts, was ihn irgendwie bei den Ermittlungen weitergebracht hätte.

Dies war eine Wohnung von jemandem, der wenig oder gar keinen Besuch hatte, so lautete der Schluss, den Steen aus seinen bisherigen Beobachtungen zog.

Schließlich kam er zu dem Ergebnis, dass er hier im Moment nichts mehr ausrichten konnte. Ihm fehlten einfach die nötigen Hintergrundinformationen, und die konnte er nur von den Menschen erfahren, die Markus Oltrogge gekannt hatten. Er verließ die Wohnung wieder. Nachdem er die Tür geschlossen hatte, brachte er ein Siegel an und ging dann die Treppe hinunter.

»Kommen Sie ruhig herein, Herr Steen!«, hörte er die Stimme von Frau Brüning. Ihre Wohnungstür stand offen und sie hatte ihn offenbar gehört.

Steen betrat also die Wohnung der ehemaligen Lehrerin.

Sie begegnete ihm im Flur. »Ich habe Tee gemacht. Kommen Sie, Herr Steen.«

»Danke, aber Sie sollten sich keine Umstände machen. Ich habe nur ein paar kurze Fragen.«

»Nehmen Sie Kluntjes und Milch, wie sich das gehört?«

»Ja.«

»Setzen Sie sich schon mal.«

Frau Brüning führte Steen in ihr Wohnzimmer und deutete auf einen Sessel. Auf dem Wohnzimmertisch war bereits gedeckt.

»Danke.«

»Einen Moment noch, der Tee ist gleich so weit«, sagte sie und verschwand in Richtung Küche, wo Steen sie dann wirken hörte.

Steens Blick fiel auf einen Schreibtisch. Es war der sorgfältig aufgeräumte Schreibtisch einer Lehrerin, die Hefte korrigierte. Allerdings waren es keine Schulhefte, die zu Stapeln sortiert auf dem Tisch lagen, sondern Jerry-Cotton-Romane. Steen sah sich das näher an. Die Jerry-Cotton-Krimis waren nach Noten sortiert. Vor jedem Stapel war ein kleines Kärtchen mit der Aufschrift »sehr gut«, »gut«, befriedigend« und so weiter. Der Stapel, der die Note »ungenügend« bekommen hatte, war zwar nicht besonders hoch, aber es gab offenbar Romane, die Frau Brüning überhaupt nicht gefallen hatten.

Eines der Romanhefte war aufgeschlagen. Fehler waren unterstrichen, Verbesserungsvorschläge am Rand notiert, und nach dem Wort »ENDE« hatte Frau Brüning ein kleines zusammenfassendes Gutachten formuliert, aus dem schließlich eine Gesamtnote resultierte.

Manche kommen nicht aus ihrer beruflichen Haut raus, dachte Steen. Selbst nach der Pensionierung schien es für Frau Brüning undenkbar zu sein, einen Krimi einfach nur zur Unterhaltung zu lesen. Das Zensieren und Begutachten schien für sie einfach ein wesentlicher Teil des Lesevergnügens zu sein.

Frau Brüning kam jetzt mit dem Tee.

»Herr Steen, ich lese natürlich auch anspruchsvolle Literatur«, versicherte sie ihm, nachdem sie begriffen hatte, dass Steen die Jerry-Cotton-Romane auf dem Schreibtisch bemerkt hatte. »Das ist die Jerry-Cotton-Sammlung meines Onkels. Die tauchte nach dessen Tod auf dem Dachboden auf und wäre sonst auf dem Müll gelandet.« Sie sagte das fast so, als müsste sie sich für ein so triviales Vergnügen wie das Lesen von Kriminalromanen eigentlich entschuldigen.

Steen setzte sich nun. Die Kluntjes knackten und machten jenes charakteristische Geräusch, das einfach zu jeder Tasse Tee dazugehörte.

»Frau Brüning …«

»Mein Mann war Arzt, wissen Sie. Ich habe ihn kennengelernt, als er in der Schule die Untersuchung der

Kinder durchführte. Er war ein guter Arzt und hat vielen Menschen geholfen.« Sie seufzte. »Leider konnte er sich selbst nicht helfen …«

»Ja, das ist manchmal so.«

»Ich hatte mir eigentlich vorgenommen, möglichst schnell wieder aus Ostfriesland versetzt zu werden. Ich komme nämlich aus Hannover, wissen Sie.«

»Aha.«

»In Hannover spricht man das beste Deutsch in ganz Deutschland. Wie im Fernsehen! Obwohl das heute auch nicht mehr stimmt. Die geben sich im Fernsehen heute nicht mehr dieselbe Mühe wie früher, was die Sprache angeht. Das ist alles sehr schlampig geworden.«

»Kann ich nicht so viel zu sagen«, meinte Steen. »Ich komme kaum dazu, den Fernseher einzuschalten.«

»Sie haben auch genügend Mord und Totschlag bei der Arbeit, wie ich annehme.«

»Ja, das ist nun mal mein Job«, nickte Steen und wollte jetzt eigentlich zu dem kommen, was er als Kern der Sache betrachtete. Zu seinen Fragen bezüglich Markus Oltrogge nämlich. Aber da machte ihm die wortgewandte Frau Brüning erst einmal einen verbalen Strich durch die Rechnung.

»In den Kriminalromanen, die ich lese, wird die ganze Sache sicher nicht realistisch dargestellt«, meinte sie. »Natürlich konzentriert man sich da auf die sensationellen Aspekte des Falles. Auf spektakuläre Verfolgungsjagden und solche Dinge, die in der Realität vermutlich nur sehr selten vorkommen. Ich nehme an, Ihr Beruf hat in Wahrheit viel mehr mit sorgfältiger Arbeit und viel Ausdauer zu tun.«

»Da ist sicher was dran.«

»Es geht nichts über sorgfältiges Arbeiten. Das habe ich meinen Schülern auch immer versucht beizubringen. Ordnung ist das halbe Leben – und Sorgfalt die andere Hälfte.«

Naja, ein bisschen mehr gibt's da schon noch, dachte Steen. Aber er hatte eigentlich im Augenblick wenig Sinn für eine Grundsatzdiskussion mit Frau Brüning in dieser Frage.

Schließlich hatte er ja noch eine Kleinigkeit zu erledigen: einen Mordfall aufzuklären nämlich. Und je schneller er da vorankam, desto besser. Denn im Allgemeinen war es immer so, dass die Zeit der größte Verbündete des Täters war.

»Frau Brüning, ich möchte jetzt doch wieder auf den Grund meines Besuches zurückkommen …«

»Sie wollten mich über Herrn Oltrogge befragen.«

»Genau.«

»Ich kann über Herrn Oltrogge viel Gutes sagen. Er war zuvorkommend und höflich. Ich glaube, ich erwähnte schon, dass er mir hin und wieder mal zur Hand gegangen ist. Allerdings muss ich gestehen, dass ich über sein Privatleben kaum etwas weiß.«

»Ich habe gehört, er soll sehr gesprächig gewesen sein«, sagte Steen.

»Ja, das war er auch. Allerdings …« Frau Brüning nahm die Teetasse an den Mund, so als wollte sie zunächst einen Schluck nehmen. Aber dann setzte sie die Tasse doch wieder ab, ohne zu trinken. Es war nun schon das dritte Mal, dass Steen dies bei der ehemaligen Lehrerin beobachtete. Wenn sie so weitermachte, würde ihr Tee kalt werden, ohne dass sie auch nur einen einzigen Schluck genommen hatte.

»Hatte Herr Oltrogge mit irgendjemandem Probleme?«, fragte Steen.

»Jemand, der ihn umgebracht haben könnte?«

»Ja.«

»Nein, davon weiß ich nichts. Er war ein redlicher Mensch mit guten Umgangsformen.«

»Er hat sich mutmaßlich heute Nacht mit jemandem am Ratsdelft getroffen. Danach war er tot.«

»Ich habe keine Ahnung, um wen es sich dabei handeln könnte. Wirklich nicht. Allerdings habe ich bemerkt, wie Herr Oltrogge das Haus verlassen hat.«

»Gestern Abend?«

»Es war nicht mehr Abend. Es war nach Mitternacht. Jetzt halten Sie mich wahrscheinlich für eine neugierige Alte, die nichts Besseres zu tun hat, als hinter der Tür zu spionieren, wer gerade die Treppe benutzt und das Haus verlässt …«

»Können Sie sich noch etwas genauer erinnern, wann Herr Oltrogge das Haus verließ?«

»Es war genau fünf nach zwölf. Das weiß ich, weil ich auf meine Uhr geschaut habe. Es hat mich schon gewundert, dass er um diese Zeit noch unterwegs war.«

»Wieso?«

»Weil er eigentlich nie weggegangen ist. Herr Oltrogge war immer so ein Mensch, der … wie soll ich sagen? Mehr für sich ist. Er hat viel geredet, aber man hat eigentlich nichts über ihn erfahren. Und soweit ich das mitbekommen habe, war er auch niemand, der abends wegging.«

»Hatte er Besuch?«

»Ja, das hat mich ehrlich gesagt verwundert.«

»Was hat Sie verwundert, Frau Brüning?«

Jetzt war es Steen, der die Tasse zwar zum Mund führte, dann aber nicht trank, weil er eigentlich erst Frau Brünings Antwort hören wollte.

Frau Brüning wirkte jetzt sehr nachdenklich. »Der Herr Oltrogge hat nie Besuch gehabt, das hat mich schon sehr gewundert. Wissen Sie, mein Sohn – der ist ja schon lange von zu Hause ausgezogen –, mein Sohn ist ungefähr in Herrn Oltrogges Alter, und bei dem war das immer ganz anders. Der hatte immer Freunde, die zu ihm nach Hause kamen.«

»Sie wollen sagen, Herr Oltrogge hatte wirklich *nie* Besuch?«, wunderte sich Steen.

»Bis auf ein Mal.«

»Aha!« Steen nahm jetzt doch erst einmal einen Schluck vom Tee. Und zwar einen so großen, dass die Tasse jetzt halb leer war.

»Das war eine Frau. Ungefähr in seinem Alter, schätze ich, aber …« Sie machte eine wegwerfende Handbewegung.

Steen fragte sich, wie diese Handbewegung wohl zu interpretieren war. So, dass diese ominöse Frau gar nicht weiter erwähnenswert war? Jedenfalls schien die gestrenge Ex-

Lehrerin nicht viel von dieser Person zu halten. Genauer gesagt: überhaupt nichts. Ihre Mundwinkel veränderten sich für einen Moment auf eine Weise, die ihre Gedanken dazu offenlegten. Das war pure Verachtung, erkannte Steen. Er fragte sich, welche Eigenschaft an dieser unbekannten Frau es wohl gewesen sein mochte, die bei Frau Brüning eine derart heftige Reaktion hervorgerufen hatte.

Und dann kam Steen von selbst darauf.

»Sie wollte Ihnen keinerlei Auskünfte geben«, stellte er fest.

Frau Brüning sah Steen erstaunt an. »Woher wissen Sie das?«

»Ich habe es geraten.«

»Das stimmt. Die war viel zu eingebildet, um mit mir überhaupt zu reden. Eine richtige Ziege war das. Ich kann nur hoffen, dass Herr Oltrogge sich mit ihr nicht näher eingelassen hat. Ich glaube nämlich nicht, dass sie einen guten Einfluss auf ihn genommen hätte.«

Frau Brüning musste jetzt einmal tief Luft holen. Allein schon die Erinnerung an die Begegnung mit dieser Person schien ihr mehr oder minder den Atem zu rauben. »Sie war ab und zu mal hier, und da habe ich sie einmal im Treppenhaus abgepasst. Tja, und dann ist es passiert …«

»Was ist passiert?«, hakte Steen nach.

»Ich habe sie ganz höflich gefragt, wer sie denn sei. Ich meine, man muss doch wissen, wer im Haus so ein und aus geht. Ich finde das nicht zu viel verlangt.«

»Aber sie wollte Ihnen das nicht sagen?«

»Nicht mal den Namen.«

»Und Herr Oltrogge? Hat der Ihnen den Namen seiner Bekanntschaft verraten? Ich nehme doch an, dass Sie ihn danach gefragt haben.«

Frau Brünings Gesichtsausdruck, der bis zu diesem Punkt des Gesprächs ziemlich angespannt gewirkt hatte, wurde jetzt etwas entspannter und weicher. Ein Lächeln konnte man das noch nicht nennen, aber für ihre Verhältnisse kam es dem schon ziemlich nahe, wie Steen fand. »Ja, ich habe ihn gefragt. Aber Herr Oltrogge hat diese Frage irgendwie einfach …« Sie zuckte mit den Schultern und machte eine hilflos wirkende Geste. »Er hat sie überhört! So aufmerksam er sonst auch gewesen sein mag, aber bei dieser Frage hat er sich schlicht und ergreifend taub gestellt.«

»Wir würden natürlich gerne wissen, wer die Frau ist.«

»Ich kann sie beschreiben. Sie war ungefähr in Herrn Oltrogges Alter, aschblond, wirkte einigermaßen gepflegt und trug das, was die meisten so tragen. Jeans und irgend so ein Flatterzeug als Jacke. Von Stilempfinden keine Spur. Ich hätte Herrn Oltrogge eigentlich schon etwas mehr Geschmack in dieser Hinsicht zugetraut, aber …« Sie brach ab.

»Da steckt man ja auch nicht drin«, sagte Steen.

»Sie sagen es!«, nickte Frau Brüning.

»Ich hätte noch eine weitere Frage, die mir auf der Seele liegt.«

»Gerne! Ich helfe Ihnen, wo immer ich kann.«

»Das weiß ich. Es geht um Folgendes: Als ich vorhin die Wohnung von Herrn Oltrogge betrat, habe ich dort kistenweise Post gefunden. Eigentlich kann Ihnen das auch nicht entgangen sein, auch wenn Sie nie selbst in der Wohnung waren. Aber irgendwann muss er das ganze Zeug ja dorthin geschleppt haben.«

»Sie haben recht«, gab Frau Brüning zu. »Herr Oltrogge hat mir erklärt, was es damit auf sich hatte, und das Ganze hat einen wirklich vollkommen harmlosen Hintergrund.«

»So?«

»Jaja, man könnte ja bei Ihren Schilderungen auf wer weiß was für Gedanken kommen! Ab und zu liest man ja mal in der Zeitung von irgendwelchen Postboten, die Sendungen in ihrer Wohnung horten, anstatt die auszutragen. Manchmal, weil die Betreffenden es auf Wertsendungen abgesehen haben, und manchmal auch einfach nur, weil sie völlig überfordert sind und sich gegen die überhöhten Normen für Mitarbeiter der Post einfach nicht anders zu helfen wissen, als dass sie die Post in ihrer Wohnung horten.«

»Aber bei Herrn Oltrogge war das anders?«, fragte Steen.

»Natürlich war das anders bei ihm! Er hat es mir ja erklärt.«

»Da bin ich aber gespannt.«

»Sie haben eine gesunde Skepsis, Herr Steen. Das ist vermutlich berufsbedingt, weil Ihnen die Leute alles Mögliche erzählen und wahrscheinlich nicht mal die Hälfte davon stimmt. Ich bin auch von Natur aus skeptisch. Schüler belügen einen nämlich auch und erfinden alle möglichen Gründe, warum sie die Vokabeln nicht lernen oder ihre Hausaufgaben nicht machen konnten.«

»Aber Herr Oltrogge konnte alle Ihre Zweifel ausräumen?«

»Ja. Es ist nämlich so: Herr Oltrogge musste ja plötzlich diesen auswärtigen Postbezirk übernehmen irgendwo in … Dingens.«

»Moordorf.«

»Genau. Und weil er morgens immer früh loswollte, hat er häufiger mal sein Dienstfahrzeug vor dem Haus geparkt. Er wollte aber nicht, dass über Nacht jemand das Postauto aufbricht, um Wertsendungen zu entwenden. Also hat er sich die Mühe gemacht, die Kisten in seine Wohnung zu schaffen, denn es gab hier in der Tat in letzter Zeit einige Wohnungseinbrüche und geknackte Autos auf Transvaal.«

Steen fiel auf, dass sie »auf Transvaal« sagte, so als wäre der Stadtteil eine Insel. Leute, die in Port Arthur/Transvaal lebten, drückten sich häufig so aus. Insofern hatte sich Frau Brüning in all den Jahren, die sie nun schon hier lebte, offenbar doch sprachlich etwas stärker integriert, als ihr das vielleicht selbst bewusst war. Mochte sie auch nach wie vor das »Moin« verweigern, so ging ihr das – gemessen am hochdeutschen Standard – sprachlich unkorrekte »auf Transvaal« ganz selbstverständlich über die Lippen. Und das bei einer sonst so pingeligen Lehrerin!, ging es Steen durch den Kopf.

»Herr Oltrogge war eben ein sehr gewissenhafter Postbote, der wirklich alles getan hat, um die ihm anvertrauten Sendungen vor irgendwelchen Diebstählen zu schützen«, sagte Frau Brüning. »Das ist der Hintergrund der Sache.«

»Er muss sehr überzeugend auf Sie gewirkt haben«, sagte Steen.

»Das hat er auch! Und es gab für mich nicht den geringsten Grund dafür, an dem zu zweifeln, was er sagte.«

»Die Sache ist die: So, wie er es Ihnen gesagt hat, kann es nicht gewesen sein«, erklärte Steen.

Frau Brüning runzelte die Stirn.

»Nicht?«

Da schien jetzt wirklich ein ganzes Weltbild in ihr zusammenzubrechen.

»Herr Oltrogge hat die Nachrichten zum Teil geöffnet – und zwar fachgerecht. Also fachgerecht in dem Sinne, dass es die Empfänger hinterher möglichst nicht merken. Und dann hat er die Nachrichten an langen Wäscheleinen aufgehängt, die er kreuz und quer durch seine Dachgeschosswohnung gespannt hat. Eins können Sie im Übrigen sicher annehmen: Diese Nachrichten haben den Empfänger ganz sicher nicht am nächsten oder übernächsten Tag erreicht.«

Frau Brünings Mund stand für einen Moment lang offen. Sie vergaß tatsächlich für ein paar Momente, ihn wieder zu schließen. Aber dann tat sie es doch und musste augenblicklich heftig schlucken. »Das habe ich nicht gewusst«, murmelte sie. »Aber jetzt ergibt manches Sinn.«

»Was meinen Sie damit?«

»Dass er zum Beispiel partout nicht wollte, dass jemand seine Wohnung betritt.«

»Bei welcher Gelegenheit ist Ihnen das aufgefallen?«

»Nun, erstens hat ihn die junge Frau danach gefragt. Sie sprachen so laut, dass ich es mitbekommen musste. Außerdem ist das Treppenhaus sehr hellhörig. Nicht, dass Sie denken, ich würde lauschen oder so …«

»Natürlich nicht. Was hat sie denn gesagt?«

»Ich habe nur gehört, dass sie gefragt hat, wieso sie sich eigentlich nie bei ihm treffen würden. Herr Oltrogge wollte noch irgendetwas aus der Wohnung holen, dann sind sie gegangen. Vermutlich haben sie den Rest des Abends bei ihr zu Hause verbracht und sie hat es gewundert, dass er sie offenbar nie zu sich eingeladen hat.«

»Verstehe.«

»Aber, so wie Sie mir die Situation dort schildern, ist das natürlich verständlich. Wenn überall Kisten herumstehen, dahin will man ja niemanden einladen. Und neulich war einer hier, der die Heizung gewartet hat. Den wollte Herr Oltrogge partout auch nicht in die Wohnung lassen.«

»Aber der musste doch seinen Job machen!«

»Natürlich.«

»Ich nehme an, der hat sich angekündigt.«

»Der Termin ist mehrfach verlegt worden, und ich denke, Herr Oltrogge hatte die letzte Mitteilung irgendwie nicht mitbekommen.«

»Und wie ist das dann ausgegangen?«

»Herr Oltrogge hat ihm nicht aufgemacht. Der Herr Schneider, so heißt er, der kommt von dieser Firma an der Nesserlander Straße. Dingens … ich komm jetzt nicht auf den Namen.«

»Ist ja auch nicht so wichtig.«

»Doch, man muss auf die Details achten! Jedes Detail ist wichtig und ich habe nie durchgehen lassen, wenn jemand da schlampig war!«

Kann ich mir gut vorstellen!, dachte Steen. Er war insgeheim froh, dass Frau Brüning nie seine Lehrerin gewesen war. Besonders lustig stellte er sich den Unterricht bei ihr nicht vor. Und ganz so pedantisch genau und arbeitsam, wie sie das bei ihren Schülern gern gesehen hatte, war Steen nun einmal nicht. Da hätte er sich noch so viel Mühe geben können! Das entsprach einfach nicht seiner Natur.

»Herr Oltrogge ließ nicht mit sich reden. Der Monteur musste ein andermal kommen. Da war er eisenhart.«

»Wie es scheint, hatte er dafür einen Grund.«

»Denken Sie, dass seine Ermordung irgendetwas damit zu tun hat, dass er die Post einbehielt?«, fragte Frau Brüning nun.

»Das kann ich Ihnen beim besten Willen noch nicht sagen«, meinte Steen. »Bis jetzt stochere ich noch ziemlich im Nebel herum. Aber ausgeschlossen wäre es nicht.«

»Also wenn ich erfahren würde, dass meine Post vom zuständigen Postboten einfach einbehalten wurde, wäre ich ziemlich aufgebraucht«, gestand Frau Brüning.

»Aufgebracht genug, um einen Mord zu begehen?«, fragte Steen.

Sie sah ihn entsetzt an. »Wo denken Sie hin! Sowas würde ich nie tun. Ich finde selbst diese Heftromane schon manchmal arg grausam und an der Grenze des Erträglichen!«

»Angenommen, Ihnen wäre aus einer Briefsendung etwas sehr Wertvolles entwendet worden«, verfolgte Steen den Gedanken trotzdem weiter. »Vielleicht etwas Persönliches … Etwas, das nicht zu ersetzen wäre …«

»Sie wollen mir klarmachen, dass in jedem Menschen etwas Böses schlummern könnte, nicht wahr?«

»Trifft das etwa nicht zu?«

»Ich habe immer versucht, das Positive in den Menschen zu sehen …«

»Ja, das habe ich auch immer versucht«, gestand Steen. »Manchmal ist man dann trotzdem von der Wirklichkeit überrascht.«

»Wenn Herr Oltrogge die Post aus seinem Bezirk gelesen hat …«, begann Frau Brüning nun und sprach dabei etwas zögernder, als es sonst ihre Art war. Sie tippte mit dem Zeigefinger an ihr Kinn, und auf ihrer Stirn bildete sich eine tiefe, nachdenklich wirkende Falte. »Ob er Wertsachen entwendet hat, dürfte sich ja herausfinden lassen.«

»Davon gehe ich aus.«

»Aber wenn er die Briefe gelesen hat, dann könnte es doch sein, dass er dabei irgendetwas erfahren hat, was für den Betreffenden sehr schädlich oder unangenehm gewesen ist.«

»Sicherlich.«

»Und das wiederum könnte ein Motiv für seine Ermordung sein – oder irre ich mich?«

»Das wäre eine Möglichkeit.«

»Aber dann wäre Herr Oltrogge unter Umständen ein …« Sie schüttelte energisch den Kopf. »Das kann ich mir allerdings beim besten Willen nicht vorstellen.«

»Was können Sie sich nicht vorstellen?«

»Dass er ein Erpresser gewesen ist!«

Steen hatte bereits ebenfalls in diese Richtung gedacht. »Wir werden sehen«, erklärte er. Er sah auf die Uhr. »Ich muss jetzt dringend los.«

»Wollen Sie wirklich keine zweite Tasse Tee?«

»Nein, vielen Dank.«

»Ich nehme an, Sie werden sich dort früher oder später nochmal blicken lassen.«

»Das ist gut möglich.«

Kapitel 4

Als Steen sich im Freien befand, griff er zum Handy und rief zunächst Ulfert Jansen an. Der Kollege meldete sich mit dem üblichen »Moin«.

»Hier Steen. Es gibt da ein Laptop in der Wohnung von Herrn Oltrogge ...«

»Das soll ich sicher mitnehmen, wenn ich nachher zum Abspuren komme.«

»Genau.«

»Da bräuchte ich aber den Wohnungsschlüssel – und den hast du im Moment.«

»Wie lange brauchst du denn noch am Tatort?«

»Kann sich noch ein bisschen hinziehen, Steen.«

»Also ich wollte jetzt erstmal zusehen, ob ich noch mit irgendwem von der Post sprechen kann. Am besten mit Markus Oltrogges direktem Dienstvorgesetzten.«

»Dann würde ich mich beeilen, Steen.«

»Wieso?«

»Machen die nicht schon mittags Feierabend?«

Steen lächelte verhalten. »Das sind alles üble Vorurteile, würde ich sagen.«

»Bevor ich mir die Wohnung von Herrn Oltrogge ansehe, werde ich erst noch bei der Dienststelle vorbeikommen, Steen. Wenn dann der Schlüssel für die Wohnung auf meinem Schreibtisch liegt, wäre das klasse.«

»Das kriegen wir hin, Ulfert. Länger als eine Stunde habe ich für die Post eigentlich auch nicht eingeplant – und bis dahin seid ihr sowieso wohl noch nicht fertig, oder?«

»Das stimmt.«

»Noch etwas: Herr Oltrogge hatte mutmaßlich eine Freundin oder zumindest gute Bekannte. Genau kann ich das noch nicht einschätzen. Aber falls sie jemals in seiner Wohnung war, können ihr die Boxen mit den Briefsendungen und die Wäscheleinen nicht entgangen sein.«

»Das sind zu viele, als dass man sie zwischendurch einfach wegräumen könnte?«
»Definitiv, Ulfert. Sie ist auf jeden Fall eine wichtige Zeugin.«
»Wenn nicht eine Mitwisserin oder Komplizin«, glaubte Ulfert.
»Auch das ist nicht ausgeschlossen. Jedenfalls bekommt aus diesem Grund das Handy von Herrn Oltrogge nochmal besondere Dringlichkeit.«
»Habe ich schon verstanden, Steen.«
»Gut.«
»Aber zaubern kann ich leider nicht.«
»Ist mir auch bewusst.«
»Das Handy hat höchste Priorität. Darauf kannst du dich verlassen.«
»Das wollte ich hören, Ulfert.«
»Ich nehme an, die Angehörigen sind noch nicht benachrichtigt worden, Steen. Das müsste dann auch noch erledigt werden.«
Steen runzelte die Stirn. »Welche Angehörigen? Mir ist in der Hinsicht nichts bekannt.«
»Ach, davon weißt du ja noch nichts …«
»Wovon?«
»Altje hat herausbekommen, dass die Eltern von Markus Oltrogge eine Spedition in Wybelsum betreiben. Eine Bekannte ihrer Mutter hat von denen vor Kurzem ihren Umzug machen lassen. Na, du kennst das ja. Über ein paar Ecken kennt Altje beinahe jeden.«
»Dann wäre sie doch eigentlich prädestiniert dafür, denen Bescheid zu sagen.«
»Aber das sagst du ihr besser, Steen! Dafür bist du nämlich prädestiniert.«
»Hm«, brummte Steen. »Nee, mach du besser, ich habe jetzt noch anderes zu tun.«
»Okay, wat mutt, dat mutt. Tschüss, Steen.«
»Tschüss.«

Steen beendete das Gespräch und steckte das Handy in die Innentasche.

*

Ungefähr zwanzig Minuten später saß Steen einem schwergewichtigen Mann mit aschblondem, leicht gelocktem Haar gegenüber. Im Vergleich zu Steen war dieser Mann ein wahrer Riese, und sein Händedruck fühlte sich an wie ein Schraubstock. Offenbar wollte er jedem gleich klarmachen, wer es zu sagen hatte …

Der Mann, in dessen Büro der Kommissar Platz genommen hatte, hieß Altinus Beekmann und war der Vorgesetzte von Markus Oltrogge bei der Post gewesen.

In knappen Worten fasste Steen zusammen, was mit Markus Oltrogge geschehen war.

»Das ist ja furchtbar«, stieß Altinus Beekmann hervor. Es war ehrliches Entsetzen, das in seiner Tonlage zum Ausdruck kam. Er schluckte, lehnte sich in seinem Bürostuhl zurück, der daraufhin etwas quietschte, und beugte sich dann vor. »Das heißt, er kommt auch morgen nicht zur Arbeit!«

»Nein, er wird wohl nie wieder zur Arbeit kommen«, bestätigte Steen. »Das haben Tote im Allgemeinen so an sich.«

Altinus Beekmann machte eine wegwerfende Handbewegung und fuhr sich anschließend mit der anderen Hand über das Gesicht. Schließlich schüttelte er den Kopf. »Sie müssen schon entschuldigen, dass ich so einen Unsinn rede. Aber diese Nachricht hat mich zugegebenermaßen ziemlich aus den Socken gehauen, wie man so sagt.«

»Ja, das verstehe ich«, sagte der Kommissar.

»Ich meine, für Sie ist das ja Alltag!«

»Na, ganz so nun auch wieder nicht!«

»Ich kann das jedenfalls noch nicht richtig fassen, was Sie gerade gesagt haben. Und die andere Sache ist natürlich die: Wir sind total unterbesetzt. Wenn jemand wie Herr Oltrogge ausfällt, dann ist hier die Kacke am Dampfen, wie man so schön sagt. Ich weiß noch gar nicht, was ich jetzt machen soll.«

»Ihnen ist noch gar nicht aufgefallen, dass Herr Oltrogge heute auch schon nicht zur Arbeit erschienen sein kann?«

»Ich bin davon ausgegangen, dass er mit seinem Wagen in Moordorf unterwegs ist.«

»Und wo ist sein Dienstfahrzeug?«

»Das kann ich Ihnen jetzt auch nicht so einfach sagen. Wenn Herr Oltrogge damit unterwegs ist, müsste es auf unserem Parkplatz stehen. Aber da ist momentan wenig Platz, weil eine Gasleitung erneuert wird und ein tiefes Loch gegraben werden musste.«

»Soweit ich weiß, hatte Herr Oltrogge sein Dienstfahrzeug häufig bei sich zu Hause geparkt.«

»Das kann durchaus sein.«

»Ist das üblich?«

»Üblich ist das nicht, aber bei den beengten Verhältnissen hier hat niemand etwas dagegen, wenn ein Parkplatz nicht eingenommen wird.«

»Und es verstößt auch nicht gegen Ihre Dienstvorschriften oder was immer da in dieser Richtung bei Ihnen existieren mag, dass Mitarbeiter den Wagen und die Post mit nach Hause nehmen?«

Altinus Beekmann fühlte sich durch Steens einfache Frage jetzt offenbar etwas angegriffen.

»Was glauben Sie eigentlich, wie das hier läuft? Wir stehen unter einem enormen Effizienz-Druck. Glauben Sie vielleicht, ich kann jeden Mitarbeiter lückenlos überwachen?«

Eigentlich hatte Steen eine derartige Reaktion nicht beabsichtigt. Offenbar hatte er die Empfindlichkeit seines Gegenübers in dieser Hinsicht wohl einfach unterschätzt.

»Herr Beekmann, ich weiß, dass Sie einen schweren Job haben. Ich habe aber auch einen schweren Job. Ich muss herausfinden, warum jemand Ihren Kollegen Oltrogge umgebracht hat. Und dazu versuche ich einfach zu verstehen, wie er lebte und arbeitete und ob es da vielleicht irgendeinen Zusammenhang gibt.«

»Ja, ich verstehe«, murmelte Altinus Beekmann. Er wirkte nachdenklich. Steen erkannte das sofort. Irgendetwas nagte an ihm. Da schien es irgendetwas zu geben, wovon Altinus Beekmann sich noch nicht so ganz sicher war, ob er es dem Kommissar gegenüber erwähnen oder es besser verschweigen sollte. In den meisten Fällen hatte sich für den Kommissar die Strategie bewährt, einfach abzuwarten.

Geduld haben, das war das Wichtigste. Meistens kamen die Geheimnisse dann ganz von allein an die Oberfläche.

Steen nahm sich jedenfalls vor, in dieser Sache den längeren Atem aufzubringen, und das unterstrich er schon mal damit, dass er in diesem Moment tief Luft holte. Sehr tief. Er lehnte sich zurück und faltete die Hände.

Dabei war sein Blick konzentriert auf Herrn Beekmann gerichtet.

Nichts würde diesem Blick entgehen. Nicht die kleinste Kleinigkeit. Und je länger Steen ihn ansah, desto mehr schien sich diese Überzeugung auch auf Altinus Beekmann zu übertragen.

»Also, ich möchte ungern schlecht über Tote reden«, begann er dann, nachdem nun schon einige Augenblicke lang ein zumindest für ihn unbehagliches Schweigen geherrscht hatte.

»Das nehmen sich alle vor und es hält sich sowieso niemand dran«, sagte Steen.

»Ja, da haben Sie nun auch wieder recht«, musste Altinus Beekmann zugeben. »Ich weiß ja auch nicht, ob das wichtig ist und irgendetwas mit Ihrem Fall zu tun hat …«

»Das werde ich schon zu beurteilen wissen«, sagte Steen. »Und ganz ehrlich: Das weiß man meistens sowieso erst ganz am Schluss.«

»Ja …«

»Jetzt bin ich erstmal wie so ein Fischer, der ein großes Netz auswirft«, fuhr Steen fort. »Da ist dann eine ganze Menge Beifang mit im Netz, wenn man hinterher nachsieht.«

»Herr Steen, es ist so: Es hat schon mehrfach Beschwerden über Herrn Oltrogge gegeben.«

»Was für Beschwerden?«

»Es seien Briefe nicht angekommen – und manche Sendungen hatten unerklärliche Verspätungen von Tagen oder Wochen.«

»Und dann lassen Sie ihn im Dienst?«

»Es war nichts nachweisbar. Abgesehen davon kann ich mir das Personal nicht aussuchen. Mit anderen Worten: Ich bin auf jeden angewiesen, der die Voraussetzungen erfüllt und sich nicht zu dumm anstellt.«

»Heißt das, Herr Oltrogge hat den Bezirk in Moordorf nicht in erster Linie deshalb übernehmen müssen, weil der dort bisher tätige Kollege ausfiel, wie ich gehört habe, sondern deshalb, weil er hier in Emden den Leuten nicht mehr zugemutet werden sollte?«

»Sagen wir so: Es kamen da zwei Aspekte zusammen.«

»Verstehe«, murmelte Steen, und auf seiner Stirn hatte sich jetzt eine nachdenkliche Falte gebildet.

»Wie haben Sie das denn – ganz privat – eingeschätzt?«, hakte Steen dann nach.

»Die Vorwürfe? Naja, solche Beschuldigungen haben wir öfter mal.«

»Was machen Sie dann?«

»Das wird dann überprüft, ob da etwas dran ist. Und wenn man das nicht feststellen kann, dann muss man den Kollegen manchmal schlicht und ergreifend aus der Schusslinie nehmen, wenn Sie verstehen, was ich meine.«

»Ja, ich denke schon.«

»Die meisten Anschuldigungen gegen Mitarbeiter der Post sind falsch. Es gibt ein paar Einzelfälle, die über Gebühr Schlagzeilen gemacht haben. Aber mal ehrlich: Um durch den Raub von Postsendungen reich zu werden, muss man sich wirklich schon sehr viel Mühe geben und ordentlich ins Zeug legen.«

»Das kann ich nicht beurteilen.«

»Ich aber. Und ich sage Ihnen, Herr Steen: Da ist es lukrativer, gleich einen richtigen Nebenjob anzunehmen.«

»Aber ich denke, dass Sie trotzdem der Meinung waren, dass im Fall Oltrogge mehr an der Sache dran sein könnte – sonst hätten Sie es mir jetzt nicht erzählt.«

Altinus Beekmann atmete tief durch und nickte, wobei er sichtlich darum bemüht war, Steen nicht direkt anzusehen. »Ja, Sie haben recht.«

»Und was war dafür der ausschlaggebende Punkt? Denn richtige Beweise hatten Sie ja keine, wie Sie mir gesagt haben.«

»Es war einfach zu häufig.«

»Herr Beekmann, ich muss Ihnen leider sagen, dass Sie in dieser Angelegenheit den richtigen Instinkt hatten. Wir haben Boxen mit Postsendungen in seiner Wohnung gefunden. Gegenüber einer Hausbewohnerin hat er angegeben, dass er die Post aus Sicherheitsgründen in der Wohnung lagern würde. Der Frau war nämlich aufgefallen, dass er die Kisten mit der Post immer dorthin transportierte. Er hat die Postsendungen systematisch geöffnet und Briefe an Wäscheleinen aufgehängt.«

»Wie bitte?« Altinus Beekmann öffnete den Mund, vergaß ihn für volle zehn Sekunden wieder zu schließen und schüttelte dann fassungslos den Kopf.

»Es war die Post aus Moordorf, seinem neuen Bezirk, in dem er seit gut einem Jahr herumgefahren ist«, ergänzte Steen.

»Also seine Wohnung wurde einmal gewissermaßen inspiziert«, sagte Beekmann nun. »Ja, ich weiß, ich habe gar keine Befugnisse dazu. Es war im Grunde genommen eine Art Überraschungsbesuch, nachdem es hier in Emden mal wieder Beschwerden seinetwegen gegeben hatte.«

»Und?«, hakte Steen nach.

»Nichts! Er wollte mich erst nicht reinlassen und es war nicht leicht, ihn zu überreden. Aber dann hat er mir doch die Tür aufgemacht.«

»Sie haben nichts Verdächtiges vorgefunden?«

Altinus Beekmann schüttelte den Kopf.

»Nein, gar nichts.«

Steen zuckte mit den Schultern. »Vielleicht haben Sie ihn einfach nur nicht zum richtigen Zeitpunkt überfallen.«

»Überfallen, das klingt jetzt aber …«

»Sie wissen schon, was ich meine.«

Steen erhob sich nun. Er sah kurz auf die Uhr und sagte dann: »Ich muss jetzt weiter. Falls ich noch weitergehende Fragen an Sie habe …«

»… können Sie sich jederzeit an mich wenden«, vollendete Altinus Beekmann den Satz, den der Kommissar begonnen hatte.

»Gut«, nickte dieser und wandte sich zum Gehen.

Kapitel 5

Steen ging zur Dienststelle und legte den Schlüssel von Markus Oltrogges Wohnung auf den Schreibtisch seines Kollegen Ulfert Jansen. Ob er vor Dienstschluss das Büro nochmal verlassen würde, stand für ihn noch nicht fest.

Er setzte sich an seinen eigenen Schreibtisch und fuhr den Computer hoch. Dann lud er die Bilder, die er in der Wohnung von Markus Oltrogge gemacht hatte, auf den Rechner und begann, sie sich auf dem Bildschirm anzusehen, ohne dass die Gefahr bestand, dass er irgendwelche Spuren vernichtete. Was für Briefe waren das, die der Postbote sich herausgesucht hatte? Und mit welcher Absicht? Hatte er es wirklich auf Wertsachen abgesehen oder war er einfach nur neugierig?

Steen begann damit, sich die einzelnen Briefe anzusehen, die an der Wäscheleine hingen. Da er die Bilder vergrößern konnte, brauchte er nicht einmal seine Lesebrille.

Persönliche, handgeschriebene Briefe hingen da neben offiziellen Schreiben von Behörden oder Schriftsätzen von Anwälten. Das war Steen schon aufgefallen, als er sich in der Wohnung umgesehen hatte: Was hatten diese Postsendungen gemeinsam, dass Markus Oltrogge sie an der Leine aufgehängt hatte? Immer mehr verfestigte sich bei Steen die Ansicht, dass der Grund wohl kaum etwas mit irgendwelchen Wertsendungen zu tun gehabt haben konnte. Natürlich gab es immer noch Menschen, die Geldscheine an ihre Enkel verschickten. Aber im Mahnschreiben eines Elektroinstallateurs an eine Frau in Moordorf, die offenbar ihre Rechnung auch nach mehreren Aufforderungen bislang nicht gezahlt hatte, war mit Sicherheit kein Geldschein enthalten gewesen.

Wieso interessierte sich Herr Oltrogge für so etwas?, ging es Steen durch den Kopf.

Die Vorgehensweise musste jetzt ganz systematisch sein. Ulfert würde überprüfen, ob außer Herrn Oltrogge noch irgendjemand diese Briefe angefasst hatte. Zum Beispiel die bislang mysteriös gebliebene Frau, von der Frau Brüning berichtet hatte. Und dann musste man die Sendungen sortieren und diejenigen befragen, für die sie eigentlich bestimmt gewesen waren. Vielleicht konnte sich irgendjemand unter diesen Personen vorstellen, weshalb ihr Postbote umgebracht worden war.

Das sieht nach viel Arbeit aus, dachte Steen.

In diesem Moment betrat Altje das Büro.

Steen hörte sie schon auf dem Flur.

»Da bist du ja, Steen«, sagte sie und atmete erstmal tief durch. Ihr Kopf war hochrot. Der Wind hatte ihre Frisur völlig aus der Form gebracht. Die Dienstmütze hatte sie in den Nacken geschoben.

»Hatte Ulfert nicht mit dir gesprochen?«, fragte Steen.

»Doch, hat er.«

»Dann bist du von Markus Oltrogges Eltern schon wieder zurück?«

»Nee, da muss ich noch hin.«

Eine Pause entstand.

Altje blieb stehen und nahm die Mütze ab. Es sah nicht so aus, als würde sie jetzt gleich sofort aufbrechen wollen.

»Ist noch irgendwas, Altje?«, fragte Steen.

»Was soll denn sein?«, gab sie zurück.

Steen sah sie an. »Ich kenne dich nun wirklich gut genug, um zu wissen, dass dir irgendwas auf der Seele liegt«, stellte er fest.

»Habe ich was gesagt?«

»Nein. Und da du ansonsten in einem fort durchsabbelst, ist das besonders auffällig.« Steen nickte ihr zu. »Komm schon, einfach raus damit.«

»Ja, ist nicht so ganz einfach«, gab sie zu.

»Wenn du das bei unwichtigen Dingen kannst, geht es auch jetzt, wo es offenbar um etwas Wichtiges geht!«

So extrovertiert und schlagfertig Altje Remels sonst auch sein mochte – in diesem Moment war sie genau das Gegenteil. Aber vielleicht war die laute, burschikose Seite von ihr auch nur die schrille Oberfläche und darunter verbarg sich in Wahrheit etwas, was die meisten nie bei ihr vermutet hätten: eine verletzliche Seele, die sich mit viel Theaterdonner abzuschirmen versuchte.

Sie öffnete den Mund, und normalerweise hätte man nun von ihr Worte erwartet, die an Deutlichkeit nichts zu wünschen übrig ließen. Diesmal – kam nichts. Nicht mal heiße Luft, denn das Ausatmen folgte erst Augenblicke später. Stattdessen bewegte Altje Remels die Lippen, ohne etwas zu sagen, und wirkte dabei wie ein Fisch auf dem Trockenen, der nach Luft schnappte.

Steen hatte so eine Ahnung, was hinter Altjes völlig untypischem Verhalten stecken mochte. Er fragte: »Wieso bist du nicht bei den Eltern Oltrogge? Ulfert hat dir doch ausgerichtet, dass das noch erledigt werden muss. Und du kennst die Leute doch – über ein paar Ecken.«

Sie schluckte.

Und an ihrem Gesichtsausdruck konnte Steen gleich sehen, dass er ins Schwarze getroffen hatte.

Darum geht es also!, erkannte er.

»Steen, habe ich dich je um einen Gefallen gebeten?«

»Jede Woche mindestens einmal, wenn du früher nach Hause willst, weil auf eurem Hof ein Kalb kommt oder der Tierarzt im Anmarsch ist oder auf dem Stall ein paar Dachpfannen fehlen oder oder oder.«

»Das meine ich nicht«, sagte sie. »Und im Übrigen bin ich dir sehr dankbar dafür, dass du ein Herz für mich als Nebenerwerbslandwirtin hast.«

»Ich habe deine Frage beantwortet, Altje – du meine aber nicht.«

Altje wich seinem Blick aus, druckste etwas herum und sagte dann schließlich: »Könntest du mich zu den Oltrogges begleiten?«

»Nun, ich …«

»Ich weiß, dass du auch viel zu tun hast, Steen.«

»Schön, dass dir das klar ist!«

»Steen, ich kann das nicht.«

»Was?«

»Eltern sagen, dass ihr Sohn umgebracht worden ist.«

»Aber Altje, sowas gehört zu unserem Job!«

»Ja, ich weiß.«

»Und was ist dann diesmal anders als sonst?«

Altje schluckte. »Es ist gar nichts anders als sonst.«

»Das verstehe ich jetzt nicht.«

»Es ist einfach so, dass ich es bisher immer tunlichst vermieden habe, allein zu irgendwelchen Angehörigen zu fahren. Ich kann dann manchmal gar nichts sagen. Ich fange an zu schwitzen, und das liegt nicht am Wetter oder am Übergewicht. Und für die Wechseljahre wäre es noch etwas früh bei mir.« Sie zuckte mit den Schultern. »Ich habe keine Ahnung, woran das liegt, aber ich habe einfach eine unwahrscheinliche Angst davor, dann diesen Angehörigen gegenüberzutreten und nichts sagen zu können. Verstehst du? Dass ich dann einfach stumm wie ein Fisch bleibe und …« Sie sprach nicht weiter. »Da bricht mir dann der kalte Schweiß aus!«

»Wieso solltest du stumm bleiben?«, fragte Steen.

»Ja, siehst du, das habe ich mir gedacht.«

»Was?«

»Dass du genau das sagst. Und das stimmt ja auch! Wie kann eine Sabbeltante wie ich stumm bleiben, die sonst andauernd redet und quasi ihr eigenes Radioprogramm ist.« Sie machte eine wegwerfende Handbewegung. »Ich dachte, ich versuch's einfach mal. Du würdest mir einen großen Gefallen tun, wenn du dabei wärst. Dann kann ich sogar reden, weil ich weiß, dass im Notfall auch du reden könntest. Es kann also nichts passieren, wenn du verstehst, was ich meine.«

»Gut, dann fahren wir zusammen hin«, entschied Steen schließlich.

»Danke.«

*

Etwas später saßen sie zusammen im Dienstwagen. Steen hatte auf dem Beifahrersitz Platz genommen. Altje war der Weg zu den Oltrogges mit Sicherheit besser bekannt, dachte Steen. Also war es auch vernünftig, wenn sie am Steuer saß. Abgesehen davon wollte Steen etwas Ruhe zum Nachdenken haben. Manchmal brauchte man das. Ein paar Augenblicke, in denen man gar nichts tat und sich einfach nochmal die bisher ermittelten Fakten vergegenwärtigte.

Aber im Augenblick hatte er das Gefühl, dass sein Kopf leer war. Da bildete sich im Moment einfach kein vernünftiger Gedanke. Keine Theorie über das, was zu dem Mord an Markus Oltrogge geführt haben mochte.

War er ein Erpresser gewesen?

Wer immer die Post anderer Leute öffnete, konnte dadurch möglicherweise Dinge erfahren, die diese auf gar keinen Fall öffentlich gemacht haben wollten. Und vielleicht war jemand bereit gewesen, aus diesem Grund einen Mord zu begehen.

Aber das war nicht viel mehr als eine grundsätzliche Möglichkeit, die in diesem Fall bestand.

Irgendwelche konkreten Hinweise in diese Richtung gab es bisher nicht.

Altje war während der Fahrt nach Wybelsum ziemlich schweigsam.

So ganz verstand Steen noch nicht, warum sie offenbar um keinen Preis allein zu den Oltrogges hatte fahren wollen.

Aber das würde er noch herausbekommen. Zumindest hatte er sich das vorgenommen.

Anscheinend hatte Altje auch eine sensible Seite, auch wenn ihr das kaum jemand, der sie kannte, zutraute. Aber Steen wusste nur zu gut aus eigener Erfahrung, dass die Dinge häufig in Wahrheit ganz anders waren, als es auf den ersten Blick schien. Menschliche Charaktere ähnelten seiner Ansicht nach Eisbergen. Neunzig Prozent befanden sich unter der Oberfläche, und nicht immer war der Teil, der für alle sichtbar hervorragte, auch repräsentativ für das Ganze.

»Die Oltrogges haben ja eine Spedition in Wybelsum«, sagte Altje schließlich in die Stille hinein. Anscheinend konnte sie die Stille einfach nicht aushalten.

Immerhin, dachte Steen. Wir haben schon Larrelt und Twixlum hinter uns! Eigentlich hatte es Steen ihr nicht zugetraut, so lange zu schweigen.

»Und wie gut kennst du die Familie nun eigentlich?«, fragte Steen.

»Also erstmal ist das eine gute Spedition. Wenn du mal umziehen willst, Steen – die kann ich dir nur empfehlen. Auch von den Preisen her.«

»Hm.«

»Was heißt hm?«

»Na, das steht bei mir im Moment nicht an«, sagte der Kommissar. »Aber ich werde mir den Namen Oltrogge in dieser Hinsicht merken.«

»Man weiß ja nie!«

»Eben.«

»Für Bekannte meiner Eltern haben die mal einen Umzug durchgeführt. Alles propper – und vom Preis her unschlagbar. Inzwischen macht ja wohl der Sohn das meiste.«

»Der Sohn?«, fragte Steen.

»Herwart Oltrogge. Der ist so ungefähr in meinem Alter.«

»Du kennst ihn?«

»Aus der Landjugend.«

»Ah, ja …«

»Beim Tanzen hat er meiner Freundin Swantje so auf den Fuß getreten, dass sie ins Krankenhaus musste.«

»So sind sie halt, die ostfriesischen Gentlemen«, sagte Steen. »Ich nehme an, aus den beiden ist dann nicht mehr geworden.«

»Irrtum, Steen.«

»Was?«

»Er hat sie im Krankenhaus besucht und ein paar Monate später haben Herwart und Swantje geheiratet. Ich war zur Hochzeit eingeladen. Allerdings habe ich es aus einleuchtenden Gründen vermieden, mit dem Bräutigam zu tanzen.«

»Ist das ein so schlimmer Fußtreter?«

»Nicht nur er.«

»Wie soll ich das verstehen?«

»Ich auch. Und man stelle sich mal vor, jemand wie Herwart hat einen Fuß in Gips, dann kann er ja im Lastwagen nicht mehr das Gaspedal treten. Das geht überhaupt nicht.«

»Wenn ich das richtig verstanden habe, hat Markus Oltrogge also einen Bruder namens Herwart.«

»Ja.«

»Haben Herwart und seine Frau Kinder?«

»Einen Jungen und ein Mädchen.«

»Na, dann ist der Fortbestand der Speditionsdynastie ja auch in der dritten Generation gesichert.«

»Kann man nie wissen«, sagte Altje. »Markus Oltrogge hat sich ja auch anders orientiert.«

»Hast du eine Ahnung, weshalb?«

Altje zuckte mit den Schultern. »Ein sicherer Job bei der Post ist doch auch was Feines. Ob das mit Lastwagenverkehr ewig so weitergeht, steht doch in den Sternen. Außerdem gibt es eine mörderische Konkurrenz. Vielleicht hat es aber auch einfach irgendeinen Streit in der Familie gegeben.«

»Oder die Spedition bringt nicht genug, als dass da zwei Söhne einsteigen könnten.«

»Das glaube ich nicht.«

»Wieso?«

»Die haben mindestens ein Dutzend Angestellte! Mindestens! Und da sind die Hilfskräfte, die für Umzüge genommen werden, noch gar nicht dabei.«

*

Sie erreichten schließlich die Spedition der Oltrogges. Das Unternehmen war in einer umgebauten und erweiterten Villa untergebracht. Die Villa – mutmaßlich aus den zwanziger oder dreißiger Jahren – diente offenbar immer noch als Wohnhaus, stellte in dem durch zahlreiche Anbauten ergänzten Gebäudekomplex allerdings inzwischen den kleinsten Teil dar. Die Garagen für die Lastwagen ließen sie jetzt wie ein winziges Anhängsel erscheinen.

Altje parkte den Dienstwagen auf dem Hof.

Steen und seine Kollegin stiegen aus.

Ein Mann kam auf sie zu. Er war lang, schlaksig und sah dem ermordeten Markus Oltrogge schon auf den ersten Blick derart ähnlich, dass für Steen eigentlich nur ein Schluss blieb: Das musste Herwart Oltrogge sein, der Bruder des Getöteten.

»Sie können hier nicht stehen.«

»Sag mal, seit wann siezen wir uns denn, Herwart?«

Herwart Oltrogge fuchtelte etwas mit den Armen herum, um seinem Anliegen Nachdruck zu verleihen. »Hier muss gleich ein großer Laster herfahren!«, sagte er. Dann wurden seine Augen etwas schmaler. Er starrte Altje an. »Bist du das, Altje?«

»Ja, wer denn sonst?«

»Ich hätte dich kaum erkannt. Wegen der Mütze.«

»Komm, sei ehrlich! Wohl eher wegen der zwanzig Kilo, die ich inzwischen mehr drauf hab!«

Herwart Oltrogge wandte sich an Steen. »Und wer ist das?«

»Steen, Kripo Emden«, sagte Steen.

»Kripo? Was wollen Sie denn hier?«

»Wir sind leider dienstlich hier«, sagte Steen.

»Ja, aber der Wagen kann hier unmöglich stehen bleiben«, beharrte Herwart Oltrogge. »Egal ob die Polizei oder der Kaiser von China kommt. Der muss weg.«

»Wo können wir ihn denn hinstellen?«, fragte Altje.

Herwart Oltrogge ließ den Blick schweifen. Dann hatte er eine Stelle gefunden, an der das Dienstfahrzeug offenbar weniger im Weg stand. Er streckte den Arm aus. »Da vorne! Neben dem Lieferwagen.«

»Ich fahr den Wagen eben dorthin«, kündigte Altje an, stieg ein und setzte ihre Ankündigung in die Tat um.

Herwart Oltrogge wandte sich unterdessen an den Kommissar.

»Was ist denn passiert?«, fragte er.

»Moin erstmal«, sagte Steen. »So viel Zeit muss immer sein.«

»Natürlich.«

»Sie sind Herwart Oltrogge, der Bruder von Markus Oltrogge, nicht wahr?«

»Ja.«

»Altje hat mich ein bisschen über die Verwandtschaftsverhältnisse hier aufgeklärt.«

»Ist schon eine Ewigkeit her, dass ich Altje das letzte Mal gesehen habe. Aber wieso sind Sie jetzt hier?«

»Wir wollen eigentlich mit Ihren Eltern sprechen – aber Sie betrifft das in gewisser Weise ja auch: Markus Oltrogge wurde heute Nacht ermordet. Wir sind dabei, zu ermitteln, wer das getan hat.«

Herwart öffnete den Mund und vergaß erstmal, ihn wieder zu schließen. Er wirkte völlig fassungslos. Inzwischen kehrte Altje zurück.

»Ich bringe euch zu meinen Eltern«, sagte Herwart dann. »Wie heißen Sie nochmal?«

»Kriminalhauptkommissar Steen, Kripo Emden«, wiederholte Steen geduldig. Ihm war klar, dass Herwart Oltrogge im Moment offenbar ziemlich neben sich stand.

»Tun Sie mir einen Gefallen, Herr Steen.«

»Wenn ich kann.«

»Versuchen Sie, meinen Eltern das schonend beizubringen.«

»Ich glaube, dadurch wird es auch nicht besser«, sagte Steen. »Die Wahrheit ist manchmal schrecklich. Das ist nun mal so.«

»Ja …«

»Aber vielleicht haben Sie eine Idee, wer ihn umgebracht haben könnte. Jemand, mit dem er Streit hatte oder der ihn nicht leiden konnte. Was auch immer.«

»So viel Kontakt hatten wir nicht«, sagte Herwart.

»Wieso nicht?«

»Ehrlich gesagt, haben wir uns nie gut verstanden.«

»Wie kommt das?«

»Wir hatten einfach unterschiedliche Vorstellungen vom Leben, das ist alles. Wenn Sie jetzt denken, dass ich ihn umgebracht habe: Nein, das ist nicht der Fall und dafür hätte ich auch keinen Grund. Die Firma werde ich mal übernehmen und im Moment mache ich hier schon neunzig Prozent der Chefaufgaben. Also eigentlich hätte nur mein Bruder einen Grund gehabt, mich umzubringen, aber nicht umgekehrt.«

»Schön, dass Sie das erwähnen«, sagte Steen.

»Sie hätten mich ja sowieso danach gefragt.«

»Nein, hätte ich nicht«, gab Steen zurück. »Ich hatte gar keine Veranlassung dazu.«

Herwart Oltrogge atmete tief durch. »Hören Sie, ich bin bestürzt über den Tod meines Bruders, auch wenn er mich nicht leiden konnte. Das können Sie mir jetzt glauben oder nicht.«

»Dann war die Abneigung sozusagen einseitig von seiner Seite.«

»Wie gesagt, ich hatte keinen Grund dazu.«

Er sagt mir nicht die ganze Wahrheit, vermutete Steen. Aber im Augenblick war er wohl auch nicht gewillt, mehr dazu preiszugeben.

»Bevor wir jetzt zu Ihren Eltern gehen, habe ich noch eine Frage an Sie.«

»Und was ist das für eine Frage?«

»Hatte Ihr Bruder eine Freundin?«

»Keine Ahnung. Ganz ehrlich, das weiß ich nicht. Wir sind uns in den letzten Jahren aus dem Weg gegangen. Und zum Weihnachtsessen hat er nie jemanden mitgebracht.«

»Gut. Dann lassen Sie uns nun zu Ihren Eltern gehen. Ich muss auch denen ein paar Fragen stellen.«

»Was halten Sie davon, wenn ich es ihnen sage – und Sie beide etwas später dazubitte. Ich meine, es ist ein Schock für sie.«

»Gut, wenn Sie das tun wollen«, sagte Steen. Aus den Augenwinkeln heraus sah er Altjes Gesicht – und die pure Erleichterung, die sich darin widerspiegelte.

*

»Das ist Kommissar Steen von der Kripo Emden und seine Kollegin Altje Remels«, stellte Herwart die beiden Polizisten vor, als er sie schließlich in das Büro der Spedition führte. »Altje kommt von dem Hof Remels, und für deren Tante haben wir ja kürzlich einen Umzug durchgeführt. Altje kennt ihr vielleicht noch von der Landjugend. Ist schon eine Weile her. Man hat uns mal zu einem Konzert in Aurich gebracht – mit dem Lastwagen. Du erinnerst dich?«

Herr und Frau Oltrogge saßen an ihren Plätzen im Büro. Alle anderen waren rausgeschickt worden. Steen bemerkte mindestens noch einen weiteren Arbeitsplatz, der auch benutzt aussah.

Dass sie die Eltern der Oltrogge-Brüder sein mussten, war aufgrund der Ähnlichkeit unübersehbar.

Beide wirkten wie unter Schock und waren ganz bleich geworden.

Einige Augenblicke lang herrschte eine sehr bedrückende, unheimliche Stille.

»Das ist sicher ein Irrtum«, sagte Frau Oltrogge dann. »Ich bin mir sicher, dass das gar nicht sein kann. Unser Markus war immer friedlich und eher schüchtern. Er hat sich nie geprügelt, ist Konflikten eher aus dem Weg gegangen und war alles andere als aggressiv. Ich wüsste nicht, wieso ihn jemand umbringen sollte!«

»Es ist nun mal so, wie es ist«, sagte Steen. »Es tut mir sehr leid für Sie. Das muss ein furchtbarer Verlust für Sie beide sein und Sie haben mein volles Mitgefühl.«

»Aber …« Frau Oltrogge schüttelte den Kopf. Ihr Mann legte den Arm um sie. Sein Blick ging ins Leere.

»Darf ich Ihnen ein paar Fragen stellen?«, fragte Steen dann. »Sie würden uns damit sehr helfen. Dass der Tote, den wir gefunden haben, Ihr Sohn ist, daran gibt es leider keinen Zweifel. Aber ich kann Ihnen versprechen, dass wir alles tun werden, um herauszufinden, was genau geschehen ist. Das ist kein Trost für Sie, das weiß ich. Ihren Sohn macht das nicht wieder lebendig. Und trotzdem wird es Ihnen eines Tages ermöglichen, Ihren Frieden mit dem zu machen, was geschehen ist. Denn so schrecklich es sein mag: Das müssen Sie irgendwann.«

»Stellen Sie Ihre Fragen«, sagte der alte Herr Oltrogge. Sein Vorname lautete Gretus. Das hatte Steen auf dem Firmenemblem gesehen, das auf den Lastwagen prangte: GRETUS OLTROGGE LOGISTIK GmbH stand da nämlich unter dem übergroßen Firmenlogo mit der Abkürzung GOL.

»Hatte Markus eine Freundin?«, fragte Steen.

»Sie können sich ruhig setzen«, schlug Frau Oltrogge vor. »Und eine Tasse Tee müsste eigentlich auch noch da sein.«

»Wir wollen keine Umstände machen«, sagte der Kommissar.

Altje hingegen setzte sich in einen der Sessel, die im Büro der GRETUS OLTROGGE LOGISTIK GmbH für Gäste vorgesehen waren.

Da die um einen niedrigen, durchsichtigen Tisch gruppierten Sessel sehr tief waren, verschwand Altje dadurch aus der Perspektive von Herrn und Frau Oltrogge hinter dem Bürotresen.

Damit war sie für das Gespräch quasi aus dem Spiel. Aber vielleicht, ging es Steen durch den Kopf, war das ja auch durchaus ihre Absicht gewesen. Zumindest schien sie diesen Umstand nicht als Nachteil zu empfinden. Ich werde noch herausbekommen, warum bei dieser Sache alles an mir hängen bleibt – obwohl ich dich eigentlich nur begleiten, aber nicht ersetzen sollte, Altje!, dachte Steen.

»Wir haben nicht so viel Kontakt zu unserem Sohn gehabt, wie man sich das wünschen würde«, sagte Frau Oltrogge schließlich.

»Uns hat er davon nichts erzählt«, gestand Gretus Oltrogge. »Es gab da in der Vergangenheit ein paar Unstimmigkeiten zwischen uns …«

»Können Sie darüber etwas mehr sagen?«, fragte Steen.

»Das hat sicher nichts mit dem Fall zu tun.«

»Das weiß man nie so genau.«

»Vielleicht erklären Sie uns erstmal, was genau eigentlich passiert ist«, verlangte Gretus Oltrogge. »Und denken Sie nicht, dass Sie uns irgendwelche Einzelheiten nicht zumuten können oder irgendwelche Rücksichten nehmen müssen!«

»Sie kennen das Torfschiff, das jetzt neuerdings im Emder Ratsdelft angelegt hat?«

»Ja, ich habe davon in der Zeitung gelesen.«

Steen nickte. »Ihr Sohn hat sich in der Nacht an der Anlegestelle aufgehalten und ist von einem Unbekannten erschossen worden. Danach wurde sein Körper in den Laderaum des Torfschiffs gelegt. Mehr wissen wir nicht. Und dieselben Fragen, die jetzt wahrscheinlich bei Ihnen im Kopf herumschwirren, stellen wir uns auch.«

»Wer macht sowas?« Gretus Oltrogge schüttelte den Kopf.

»Wir brauchen Ihre Hilfe, Herr Oltrogge. Je mehr wir wissen, desto besser! Haben Sie irgendeine Ahnung, was Ihr Sohn da an dem Torfschiff gesucht haben könnte?«

»Nein«, murmelte Gretus Oltrogge.

»Zumal er ja immer früh aufstehen musste«, ergänzte jetzt Herwart. »Er hat ja bei der Post gearbeitet – zumindest ist das die letzte Information gewesen.« Herwart wandte sich an seinen Vater. »Es ist doch richtig: Weihnachten haben wir ihn zuletzt gesehen, oder, Pa?«

»Ja«, murmelte Gretus.

»Aber er hat fast nichts gesagt und ist auch nicht lange geblieben.«

»Herr Oltrogge, vielleicht sagen Sie mir jetzt einfach, was für einen Ärger es mit Ihrem Sohn Markus gegeben hat«, machte Steen nochmal einen Anlauf, um in dieser Sache endlich einen Schritt weiterzukommen.

»Damit Sie uns dann der Reihe nach verdächtigen und in unseren Familienangelegenheiten herumschnüffeln?«, antwortete nun Herwart anstatt seines Vaters, während seine Mutter in sich zusammengesunken dasaß und gedanklich in einer anderen Sphäre zu sein schien. Einer Trauersphäre, wie Steen annahm. »Die Dinge, die hier zwischen uns vorgefallen sind, gehen niemanden etwas an. Und im Übrigen sind sie auch erledigt!«

»Ein Grund mehr, warum ich darüber informiert sein sollte«, ließ Steen nicht locker.

»Du kannst es dem Kommissar ruhig sagen«, meinte Gretus dann nach einigem Zögern. »Was sollte schon dagegen sprechen.«

»Pa!«, entfuhr es Herwart.

Gretus ergriff nun selbst das Wort. »Es ging um das Erbe!«, erklärte er. »So ist das. Da ist man noch nicht mal in Rente und denkt eigentlich noch lange nicht daran, den Löffel abzugeben, aber schon jetzt wird um das Erbe gestritten.« Gretus machte eine wegwerfende Handbewegung.

»Ich bin jetzt etwas ratlos«, erklärte Steen. »Schließlich kenne ich das nur so, dass man erbt, wenn jemand tot ist.« Steen machte eine Pause und setzte dann noch hinzu: »Nicht wahr, Altje?«

»Jo«, sagte sie nur – ziemlich einsilbig und ganz gegen ihre sonstige Gewohnheit.

Steens Versuch, sie in das Gespräch mit einzubeziehen, schien gründlich schiefgelaufen zu sein. Irgendetwas hakte da. Aber Steen konnte sich noch nicht so richtig erklären, was für eine Art von Widerstand da eigentlich vorlag. Dann sagte sie schließlich: »Der Markus wollte doch nicht etwa sein Erbe im Voraus ausgezahlt kriegen, oder?«

Die Oltrogges schwiegen daraufhin.

Und zwar alle drei. Und daran änderte auch der Umstand nichts, dass die Mutter jetzt wieder aus ihrer Abwesenheitstrance erwacht zu sein schien. Eigenartig, bei diesem Thema ist die Aufmerksamkeit gleich wieder zu hundertfünfzig Prozent da!, dachte Steen.

»Die Sache war geklärt«, sagte nun Gretus Oltrogge schon zum wiederholten Mal, ohne damit bislang preisgegeben zu haben, worin diese angebliche Klärung denn nun eigentlich bestanden hatte.

»Ich werde gerne ausschließen, dass diese Sache etwas mit dem Mord zu tun hat«, sagte Steen. »Aber das kann ich nicht, solange Sie mir nicht reinen Wein eingeschenkt und ein paar Einzelheiten genannt haben. Denn wenn es ums Erbe geht, kennen viele Leute keine Verwandten mehr. Es wäre nicht der erste Mord, der mit der Motivation begangen wird, ein Erbe zu bekommen oder zu verhindern, dass jemand erbt. Also bitte!«

»Markus wollte zunächst sein künftiges Erbe ausgezahlt bekommen«, sagte Gretus Oltrogge. »Das hätte die Firma aber ruiniert. Das wäre schlicht und ergreifend nicht gegangen. Abgesehen davon habe ich ihm klargemacht, dass er eine Auszahlung seines Pflichtteils vor dem Erbfall auch gar nicht verlangen kann. Er hat mir daraufhin vorgeworfen, ich würde ihn finanziell im Stich lassen. Herwart hätte ja auch schon zu meinen Lebzeiten seinen Fuß in der Firma, da sei es doch gerecht, wenn er auch was bekommen würde. Aber wir hätten Herwart immer schon vorgezogen und so weiter. Was nicht stimmt! Markus ist zum Gymnasium gegangen, Herwart nicht. Markus hat drei verschiedene Studiengänge angefangen und alle abgebrochen, ehe er bei der Post gelandet ist …« Gretus Oltrogge machte eine wegwerfende Handbewegung. »Herwart hat nach der Mittleren Reife eine Lehre zum Speditionskaufmann angefangen und anschließend noch eine Lehre als Kfz-Mechaniker gemacht, damit er die Lastwagen notfalls selber reparieren kann.«

»Pa, das nennt man inzwischen Mechatroniker«, sagte Herwart.

»Damals nannte man das Kfz-Mechaniker. Und du kannst dadurch das meiste an den Wagen selber machen. Man muss immer alles selber können. Das ist das Beste. Dann ist man unabhängig und wird nicht beschissen.«

»Da ist schon was dran«, gab Steen zu.

»Ja, und Markus, dieser Törf, der hätte das ja auch machen können. Wollte er aber nicht. Der wollte hoch hinaus. Immer schon. Hat eben nicht so geklappt. Hätte besser bescheidener bleiben und was Vernünftiges anfangen sollen.«

»Hinterher ist man immer schlauer«, sagte Steen. Ein Törf war ein Dummkopf. Steen erinnerte sich daran, dass seine Oma dieses Wort sehr häufig benutzt hatte. Insbesondere auch, als Steen als kleiner Junge mit ihr das kleine Einmaleins üben musste.

»Manche sind hinterher schlauer«, sagte Gretus. »Aber der nicht! Törf bleibt Törf.«

»Gretus!«, ermahnte ihn seine Frau.

»Ist doch wahr!«

»Der Junge ist tot!«

»Aber davon wird er auch nicht schlauer, als er war!«

»Und wie haben Sie sich dann – geeinigt?«, fragte Steen dann.

»Er hat mir zu Weihnachten gesagt, dass er das Geld jetzt anderweitig zusammenbekäme und die Sache damit erledigt sei.«

»Wofür brauchte er denn das Geld?«

»Ach, das wissen Sie gar nicht? Naja, woher auch … Er wollte auswandern.«

»Auswandern?«

»Nach Brasilien. Ein sorgenfreies Leben unter warmer Sonne mit wenig Arbeit, davon hat er geträumt.«

»Hatte er da konkrete Pläne?«

»Er hat mal von einer Cocktailbar in Rio de Janeiro gesprochen«, mischte sich nun Herwart ein.

»Nach einem gut überlegten Business-Plan klingt das nicht gerade«, meinte Steen.

»Ehrlich gesagt habe ich auch nicht damit gerechnet, dass daraus jemals etwas wird«, sagte Herwart. »So wie bei seinen anderen Plänen.«

»Ich habe ihm versucht auszureden, dass er die sichere Stelle bei der Post aufgibt«, sagte nun Gretus. »Aber erstens war er in dieser Hinsicht doof, und zweitens glaube ich, dass das alles auch nur wieder Gerede war. So wie er immer davon geredet hat, eine Doktorarbeit in Soziologie zu schreiben. Ist auch nichts draus geworden. Jedenfalls wüsste ich nichts davon, dass er den Job bei der Post gekündigt hätte.«

»Aber er hatte offenbar jetzt genug Geld«, schloss Steen.

Gretus zuckte die Schultern. »Hat er gesagt. Aber sowas sagt man manchmal auch, wenn man weiß, dass man etwas sowieso nicht bekommt. Wie ein trotziges Kind, dem man sagt, dass der Pudding alle ist, und das dann sagt, ich will sowieso keinen mehr!«

»Verstehe«, sagte Steen. »Haben Sie oder Ihr Sohn Herwart eine Waffe?«

»Wieso fragen Sie das?«, wollte Frau Oltrogge wissen.

»Sie sind natürlich auch gemeint, Frau Oltrogge. Besitzt irgendjemand von Ihnen eine Schusswaffe? Zum Beispiel als Jäger oder Sportschütze?«

»Nein«, sagte Frau Oltrogge. »Hier ist niemand Jäger oder Sportschütze.«

»Wir sind alle im Boßelverein«, erklärte Herwart.

»Da sind die Kugeln ja auch ein bisschen größer«, meldete sich Altje nach längerer Zeit mal wieder zu Wort und erntete für ihre Bemerkung einen etwas befremdeten Blick aller anderen im Raum.

»Großvater war Jäger und hatte Schusswaffen«, sagte dann Gretus Oltrogge. »Aber als der gestorben ist, haben wir die … entsorgt.«

»Wann war das?«

»Ist schon fünf Jahre her.«

»Gut. Fürs Erste wäre es das von unserer Seite.«

»Ich hoffe, Sie halten uns über den Fortgang der Ermittlungen auf dem Laufenden«, meinte Herwart.

Steen kramte in seinen Jacketttaschen herum und legte schließlich drei Visitenkarten auf den Tisch. »Wenn Ihnen noch etwas einfällt, können Sie uns jederzeit unter der angegebenen Nummer erreichen. Wir werden tun, was wir können, um den Mord an Markus Oltrogge aufzuklären, das kann ich Ihnen versprechen.«

Bevor sie gingen, wandte sich Altje noch an Herwart. »Sag mal, wo ist eigentlich Swantje – deine Frau?«

»Unterwegs – mit dem Lastwagen nach Polen«, sagte Herwart. »Ist morgen zurück.«

Kapitel 6

Wenig später saßen Steen und Altje wieder im Wagen.

»Cocktailbar in Rio de Janeiro – so eine Schnapsidee!«, meinte Altje.

»Naja, vielleicht hatte Markus Oltrogge ja eine glamouröse Seite«, sagte Steen, meinte das aber eher ironisch.

»Kannst du dir in dieser Familie irgendjemanden mit einer ›glamourösen Seite‹ vorstellen, Steen?«

»Naja, da kenne ich mich nicht so mit aus.«

»Meinst du jetzt Familien oder Cocktailbars? Oder beides?«

»Ach, Altje …«

»Soll ich dir mal sagen, was ich denke?«

»Wieso nicht!«

»Die Idee mit der Cocktailbar in Rio – die war niemals von Markus Oltrogge.«

»Sondern?«

»Na, von der Schnepfe, nach der wir suchen. Seine Freundin oder Quasi-Freundin oder was auch immer. Die könnte ihm diesen Floh ins Ohr gesetzt haben.«

Steen dachte einen Moment darüber nach und fand dann, dass Altjes Gedankengang einiges für sich hatte. »Schön wär's, wenn wir die Dame mal selbst fragen könnten.«

»Das heißt, du denkst, dass ich recht haben könnte.«

»Ja.«

Das Dienstfahrzeug von Steen und Altje hatte Wybelsum gerade verlassen, da klingelte Steens Handy.

Es war Ulfert.

Der Kommissar schaltete auf laut, denn er hatte keine Lust, Altje hinterher alles nochmal nacherzählen zu müssen, was es Neues gab.

»Ich hoffe, du hast gute Nachrichten«, meinte Steen.

»Ich bin inzwischen zurück in der Dienststelle und mache mich gleich auf, um Herrn Oltrogges Wohnung abzuspuren.«

»Gut.«

»Den Schlüssel habe ich gefunden. Danke. Aber ich habe mich inzwischen auch ein bisschen mit dem Handy des Opfers beschäftigen können und ein bisschen herumprobiert. Die PIN-Nummer war sein Geburtstagsdatum. Ich hatte keine Schwierigkeit, in das Menü zu kommen.«

»Dann hat uns die Einfallslosigkeit von Herrn Oltrogge anscheinend weitergeholfen«, schloss Steen.

»Ich habe hier was sehr Interessantes in den Nachrichten gefunden.«

»Ich bin ganz Ohr.«

»In der letzten Nacht, ungefähr zu dem für die Tat infrage kommenden Zeitfenster, hat Markus Oltrogge mit einer gewissen Frauke geschrieben.«

»Könnte das die ominöse Freundin sein, die Frau Brüning gesehen hat?«

»Freundin oder Komplizin – das ist hier die Frage, Steen. Vielleicht auch beides. Aber hör selbst.

Frauke schreibt: ›Alles klar?‹

Markus Oltrogge schreibt: ›Ich glaube, der Arsch hat mich versetzt‹.

Frauke schreibt: ›Blas die Sache ab, da ist was faul!‹

Markus Oltrogge schreibt: ›Ich warte noch fünf Minuten‹.

Etwas später schreibt er dann noch eine weitere Nachricht an Frauke: ›Da ist er! Bin gleich zurück‹.«

»Und dann?«

»Dann kommt nichts mehr.«

»Er ist seinem Mörder begegnet.«

»Sieht ganz so aus, Steen.«

»Wir brauchen den vollen Namen und die Adresse dieser Frauke.«

»Habe ich schon festgestellt«, sagte Ulfert. »Frauke Kriens, wohnt im Stadtteil Conrebbersweg. Adresse schicke ich dir gleich aufs Handy.«

»Bitte auch den Nachrichtendialog.«

»Klar.«

»Ich möchte sie gerne damit konfrontieren.«

»Kriegst du sofort. Ich nehme an, du willst der Dame jetzt gleich einen Besuch abstatten.«

»Allerdings! Und diesen kleinen Dialog in der Nacht wird sie schon irgendwie erklären müssen.«

»Ach übrigens, die Gerichtsmedizin aus Oldenburg hat sich gemeldet.«

»Und?«

»Die Leiche von Markus Oltrogge ist angekommen.«

»Ich hoffe nicht, dass die uns in Zukunft bei jedem Arbeitsschritt eine Statusmeldung schicken!«

»Nein, das wohl nicht. Obduktionsbericht könnte etwas länger dauern. Aber mal ehrlich, das ist nicht so schlimm. Es wird wohl niemand daran zweifeln, dass die Schüsse die Ursache waren.«

»Was heißt ›länger‹?«

»Ein paar Tage. Da sind wohl ein paar entscheidende Leute krank und außerdem viel andere Arbeit.«

»Vermutlich bringt es nicht viel, sich darüber aufzuregen«, sagte Steen.

»Dafür kriegen wir den Bericht der Ballistik morgen früh. Das haben die mir versprochen.«

»Dann will ich hoffen, dass sie das halten.«

»Eine Kugel steckt ja vermutlich noch im Toten. An die kommen wir erst heran, wenn die Obduktion durchgeführt wird. Aber es gibt ja noch die zweite Kugel, die wieder ausgetreten ist.«

»Du konntest sie sichern?«

»Du glaubst nicht, was das für ein Theater war.«

»Wie hast du es geschafft?«

»Mithilfe deines flexiblen Krallengreifers aus dem Baumarkt. Ich habe den immer in meinem erkennungsdienstlichen Koffer. Man weiß ja nie. Jedenfalls haben wir ein Projektil zum Testen und Vergleichen. Falls also schon mal jemand mit derselben Waffe aufgefallen ist, dann wissen wir das in Kürze.«

»Sehr gut«, sagte Steen.

*

»Ich nehme an, das bedeutet, dass wir nun nach Conrebbersweg fahren«, meinte Altje, die alles mit angehört hatte.

»Ja.«

»Dann sollten wir die Dame mit unseren Fragen grillen, Steen!«

»Vorher habe ich noch eine Frage an dich.«

»Die Antwort ist: Nein, heute muss ich nicht früher nach Hause, weil meine Eltern Hilfe auf dem Hof brauchen oder ein Bulle ausgerissen ist oder der Trecker repariert werden muss …«

»Danach wollte ich gar nicht fragen«, gab Steen zurück. »Denn dass man bis zum Feierabend im Dienst bleibt, ist doch eigentlich Beamtenpflicht, oder?«

»Ja.«

»Was heißt Ja?«

»Naja … Eigentlich!«

»Altje, ich habe keine Ahnung, was für Probleme du damit hast, Leuten schlechte Nachrichten zu überbringen, die was mit dem Tod zu tun haben, aber du wirst das ändern müssen.«

»Steen, jeder hat so seine schwachen Punkte. Sieh dir deinen unaufgeräumten Schreibtisch an und erinnere dich an meine Worte! Sag ich da vielleicht was?«

»Nein.«

»Na also!«

»Aber Johnny!«

»Der zählt nicht so richtig«, fand Altje. »Irgendwie gehört er ja noch nicht so richtig dazu.«

»Aber um Johnny geht es jetzt genauso wenig wie um meinen unaufgeräumten Schreibtisch, Altje. Es geht um dich. Wie lange willst du dich noch vor solchen Situationen drücken?«

»Ach, Steen!«

»Ja, so ist es doch. Aber das geht nicht. Der Tod gehört zum Leben und das Überbringen unangenehmer Wahrheiten zu unserem Beruf. Da kannst du dich nicht einfach drumherum mogeln!«

»Tu ich doch auch gar nicht, Steen!«

»Wie würdest du das dann nennen?«

»Ich … ich bin eben nicht so gerne allein dabei. Das ist alles.«

»Erfahre ich den Grund dafür?«

»Wieso denkst du, dass das einen bestimmten Grund hat?«, wich Altje aus.

»Weil alles, was Menschen tun oder lassen, für gewöhnlich einen Grund hat, Altje. Und den würde ich in diesem Fall gerne erfahren.«

»Heute nicht, Steen«, sagte sie.

Einige Augenblicke schwiegen sie.

Steen atmete tief durch.

Altje auch, aber nicht ganz so tief. Es war bei ihr mehr ein Schnappen nach Luft und es hörte sich keineswegs erleichtert an.

»Du kannst sicher sein, dass ich wieder fragen werde, Altje!«

»Sowas habe ich schon befürchtet, Steen.«

»Ich werde nicht lockerlassen.«

»Hör mal, hast du schon mal was von Privatsphäre oder so gehört?«

»Nein, sowas gilt in diesem Fall nicht.«

»Wieso das nicht?«

»Weil du mich um einen Gefallen gebeten hast, Altje. Und den habe ich dir erfüllt.«

»Da bin ich dir auch dankbar dafür! Nur, wenn ich gewusst hätte, dass das im Nachgang so kompliziert wird, dann …«

»Hättest du mich trotzdem gefragt, Altje! Ich kenne dich besser, als du glaubst.«

»Wir sollten uns jetzt auf den Fall konzentrieren.«

»Altje, ich habe dir einen Gefallen getan und dich begleitet. Du wirst mir jetzt auch einen tun müssen und mir meine Frage beantworten. Wenn nicht jetzt, dann später. Aber du wirst dich vor einer Antwort ganz sicher nicht drücken können.«

»Und ich habe immer gedacht, du bist ein freundlicher Kollege, Steen!«

»Das bin ich auch, Altje. Ich meine es nämlich gut mit dir und das weißt du auch.«

Altje knurrte irgendetwas Unverständliches vor sich hin. Eine ganz persönliche Variante des Plattdeutschen, die nur sie persönlich verstand. Aber eine Übersetzung brauchte man dafür auch nicht.

*

Altje fuhr den Dienstwagen zu der Adresse im Stadtteil Conrebbersweg, die Steen ihr angegeben hatte.

Sie parkte das Fahrzeug vor einem Reihenhaus. Steen stieg aus, und der auffrischende Wind riss ihm fast die Prinz-Heinrich-Mütze vom Kopf. Er schloss erstmal den Reißverschluss seines ausgebleichten Bundeswehr-Parkas.

Altje hingegen hatte weniger Glück. Als sie ausstieg, riss ihr der Wind die Dienstmütze vom Kopf, die daraufhin mehrere Meter weit fortgerissen wurde.

»Soon Schiet!«, rief Altje.

Die Mütze blieb mitten in einem Rosenbeet hängen.

Altje folgte. »Bleib da bloß liegen!«, rief sie finster, wobei sich weder Wind noch Mütze von ihrer furchteinflößenden Miene und ihrer Drohung einschüchtern ließen. Die Mütze bewegte sich nämlich schon wieder. Der Wind zerrte an ihr. Aber anscheinend hielten die Dornen der Rosen sie fest.

Während Altje durch das Beet trampelte und dabei das »stiekelige« Dornengestrüpp schimpfte, ging ein Fenster auf. Eine alte Frau schaute raus.

»Sucht die Polizei jetzt schon nach kriminellen Regenwürmern, oder wat machen Sie da mit meinen armen Rosen?«

Altje nahm ihre Mütze an sich, nachdem sie es auf recht rabiate Weise schließlich geschafft hatte, sie aus dem Griff der Dornen zu befreien.

Da sie jetzt ziemlich außer Atem war, konnte sie nicht gleich antworten.

Stattdessen fuhr die alte Frau fort: »Muss man denn wie ein Elefant durch die Rosen trampeln? Da wächst ja kein Gras mehr, wo Sie mal gewesen sind! Das kann man doch ein bisschen eleganter hinkriegen, junge Frau!«

»Eleganter? Mit diesem Stiekelzeug überall?«, schnaufte Altje nun.

»Das sind Rosen! Die haben mal was gekostet. Aber Beamten, die mal eine dicke Pension kriegen, ist das ja egal!«

»Sonne fette Tonne wie dich will ich mal elegant durch dieses Gestrüpp hüpfen sehen!«, gab Altje nun völlig genervt zurück.

Von der alten Frau waren zwar nur der Oberkörper und der Kopf zu sehen. Dass sie stärker übergewichtig war als Altje, war aber unschwer erkennbar. Sie hatte ein mehrfaches Doppelkinn, und wenn sie den Mund verzog, wurden ihre Augen zu schmalen Schlitzen.

»Sie müssen schon entschuldigen«, mischte sich nun Steen ein, der sich inzwischen dem Rosenbeet genähert hatte. Er zog seinen Ausweis hervor und hielt ihn in Richtung der alten Frau. Dass sie ihn vermutlich nicht erkennen konnte, machte nichts. Allein die Geste kannte sie vermutlich aus Fernsehkrimis. »Wir führen hier eine Beweismittelsicherung in einem Mordfall durch«, erklärte er.

Die alte Frau runzelte die Stirn.

»Sind Sie ein echter Kommissar?«

»Kommissar Steen, Kripo Emden.«

»Wer ist denn umgekommen?«

»Niemand hier aus der Gegend. Aber vielleicht können Sie uns helfen.«

»Der Polizei helfe ich gerne. Vorausgesetzt, Sie sind wirklich Kommissar – und nicht einer, der den Enkeltrick versucht!«

Altje hatte sich inzwischen aus dem Rosenbeet in Sicherheit gebracht. Zwischendurch war nochmal ihr wütendes »Soon Schiet!« zu hören, weil ihre Hose in den Dornen hängen geblieben war.

Jetzt schlug Steens Stunde.

Mit ein paar weiten, wohl platzierten und insgesamt vom Bewegungsablauf an einen Storch erinnernden Schritten überwand der Kommissar das Rosenbeet und stand dann vor dem Fenster der alten Frau. »Das ist mein Ausweis«, sagte er.

»Unser Herr Jesus konnte über Wasser gehen – und Sie über ein Rosenbeet!«

»Naja, ein kleiner Unterschied ist das schon.«

»Aber nur ein kleiner! Nicht einmal daneben getrampelt.« Und an Altje gerichtet, fügte sie dann noch hinzu: »Da kann sich die junge Frau mal ein Beispiel dran nehmen! So ein Trampeltier!«

Sie sagte das extra etwas lauter, damit Altje auch ja jedes Wort verstand. Altjes Zeigefinger ging wie automatisch zur Stirn. Sie zeigte der alten Frau einen Vogel.

»Ich habe hier ein Bild von einem Mann«, sagte Steen und hielt ihr sein Handy vor die Nase.

»Ist das der Tote?«, fragte die Frau.

»Das ist er. Haben Sie den schon mal gesehen?«

»Ich komm doch nicht viel herum.«

»Nein, ich meine ja auch hier in der Gegend. Sie sitzen doch vermutlich öfter an Ihrem Fenster. Von da aus haben Sie doch alles gut im Blick.«

»Dat stimmt!«

»Dann sehen Sie mal genau hin.«

Es war ein Foto vom Tatort.

»Das ist eine Postmütze, nicht wahr?«

Steen kommentierte das nicht. Schließlich wollte er, dass sich die Frau erinnerte, und nicht, dass sie einfach nur eine Suggestivfrage bestätigte.

»Wenn Sie den Mann nicht kennen, ist es auch nicht weiter schlimm«, meinte der Kommissar.

»Den kenne ich! Ich bin mir jetzt sicher. Der war öfter mal hier – und zwar fuhr der ein Postauto.«

»Sind Sie sicher?«

»Ja, er hat das Postauto hier geparkt. Ich dachte schon: Wieso kommt abends die Post? Aber er hat hier gar keine Post ausgetragen, sondern die Frau im Haus nebenan besucht. Wie heißt die noch … Frau Dingens … Kriens!«

»Ich danke Ihnen.«

»Wenn Sie noch irgendwas wissen wollen, stehe ich Ihnen gerne zur Verfügung.«

»Dann werde ich mich nochmal bei Ihnen melden«, versprach Steen.

*

Wenig später standen Steen und Altje vor der Haustür des Nachbarhauses und klingelten. Frauke Kriens wohnte im Obergeschoss.

»Altje, zwei Dinge noch, bevor wir uns mit Frau Kriens beschäftigen«, sagte Steen.

»Was denn?«

»Zwei Dinge, die jeder Polizist beachten sollte.«

»Und das wäre?«

»Erstens: Die Dienstwaffe bleibt im Holster.«

»Ja und das Zweite?«

»Der Zeigefinger bleibt weg von der Stirn. Grundsätzlich.«

»Aber …«

»Nix aber. Das sagt dir dein Vorgesetzter. Und du beachtest das in Zukunft.«

Altje atmete tief durch. »Aber du musst zugeben: Gegen Punkt 1 habe ich noch nicht verstoßen!«

In diesem Moment meldete sich eine Stimme über die Sprechanlage.

»Ja, bitte?«

»Frau Kriens? Hier spricht Kommissar Steen, Kripo Emden. Wir möchten zu Ihnen. Bitte machen Sie uns die Tür auf.«

Es knackte in der Sprechanlage. Dann geschah erstmal gar nichts.

Altje stemmte die Arme in die Hüften.

»Wenn du mich fragst: Das sieht so aus, als wollte Frau Kriens gar nicht mit uns reden.«

»Das kann sie sich nun mal nicht aussuchen«, meinte Steen.

Er klingelte noch einmal. Aber anstatt dass Frau Kriens sich nochmal über die Sprechanlage meldete, wurde jetzt die Tür geöffnet.

Der Kommissar und seine Kollegin traten ein und befanden sich dann im Treppenhaus.

Auf dem ersten Absatz, der zum Obergeschoss gehörte, stand eine Frau. Sie war ungefähr dreißig und entsprach etwa der Beschreibung, die Frau Brüning von ihr gegeben hatte. »Frau Kriens?«, sprach Steen sie an.

»Kommen Sie herauf«, sagte sie.

Steen und Altje bemühten sich die Treppe hinauf. Steen zeigte ihr seinen Ausweis. »Moin erstmal.«

»Moin«, murmelte Frauke Kriens und verschränkte dabei die Arme vor der Brust. Den Ausweis würdigte sie keines Blickes.

»Mein Name ist Kommissar Steen, ich komme von der Kripo Emden. Dies ist meine Kollegin Frau Remels.«

»Was wollen Sie denn von mir?«

»Können wir kurz zu Ihnen reinkommen?«

»In die Wohnung?«

»Ja, sicher.«

»Muss das sein.«

»Frau Kriens, was wir mit Ihnen zu besprechen haben, ist nichts für den Flur, wenn Sie verstehen, was ich meine.«

»Gut, kommen Sie herein. Ich kann Ihnen aber nichts anbieten. Meine Kaffeemaschine ist kaputt.«

»Ich trinke sowieso Tee.«

Frauke Kriens führte den Kommissar und seine Kollegin in die Wohnung. Das Wohnzimmer war schlicht eingerichtet. Das Auffälligste war der sehr große Flachbildschirm. Auf dem niedrigen Tisch sah Steen einige Prospekte eines Reiseunternehmens über Brasilien, einen Bildband über Rio de Janeiro und einen Ratgeber mit dem Titel ›Auswandern? – Was man unbedingt beachten sollte‹.

Interessant, dachte Steen. Da scheinen bei Herrn Oltrogge und Frau Kriens ja möglicherweise ein paar gemeinsame Pläne geschmiedet worden zu sein!

»Was ist nun Ihr Anliegen?«

»Sie sind mit Herrn Markus Oltrogge bekannt«, sagte Steen – nicht im Tonfall einer Frage, sondern dem einer Feststellung.

»Warum fragen Sie mich das?«, gab sie ausweichend zurück.

»Grundsätzlich ist es bei uns so, dass wir die Fragen stellen und Sie uns antworten«, sagte Steen. »Wir können das hier erledigen, aber wenn es Ihnen lieber ist, geht das auch auf der Dienststelle.«

»Ich denke … das geht auch hier.«

»Gut. Dann beantworten Sie mir bitte meine Frage: Sind Sie mit Herrn Markus Oltrogge bekannt? Je nachdem, was Sie mir darauf antworten, kann ich Ihnen dann auch mehr zu der Angelegenheit sagen.«

»Ja, wir sind bekannt.«

»Herr Oltrogge wurde heute Nacht ermordet. Unsere Aufgabe ist es, herauszufinden, wer das getan hat.«

Frauke Kriens' Mund stand einen Moment offen. Anstatt ihn zu schließen, bedeckte sie ihn mit ihrer Hand. »Das ist ja furchtbar.«

»Wie nahe standen Sie Herrn Oltrogge?«

»Wir … waren gut befreundet.«

»Hatten Sie ein Verhältnis?«

»Sie wollen es aber ganz genau wissen, Herr Steen!«

»Ich möchte einschätzen können, was Sie mir sagen. Wir stehen am Anfang unserer Ermittlungen und wir sind für jede Information dankbar, die uns erklären kann, was in der letzten Nacht geschehen ist.«

»Wenigstens fragen Sie mich nicht, wo ich in der letzten Nacht gewesen bin!«

»Wo sind Sie denn gewesen?«

»Hier. In meiner Wohnung. Und zwar allein. Ich muss nämlich morgens früh aufstehen, weil ich zur Arbeit muss. In einem Reisebüro in der Innenstadt, wenn Sie das auch noch wissen wollen.«

»Sie haben anscheinend mit Herrn Oltrogge ein paar tiefer gehende Interessen gemeinsam gehabt«, stellte Steen fest.

»Was meinen Sie damit?«

»Soweit wir wissen, hatte Herr Oltrogge den Plan, nach Brasilien auszuwandern.« Steen deutete auf den Tisch. »Sie offenbar auch.«

»Man wird ja noch träumen dürfen.«

»Natürlich.«

Sie schluckte. Bislang schien sie aus irgendeinem Grund eine Abwehrhaltung gegenüber den beiden Polizisten zu haben. Sie weiß mehr, als sie uns sagen will, dachte Steen. Aber mit dem Austausch von Nachrichten, der kurz vor Markus Oltrogges Tod stattgefunden hatte, wollte Steen nicht herausrücken. Noch nicht.

»Die Cocktailbar in Rio war Ihre Idee, oder?«, sagte Steen.

»Was ist dabei, wenn man sich ein anderes Leben vorstellt?«, fragte sie zurück.

»Gar nichts. Ich möchte Herrn Oltrogge und sein Leben etwas besser verstehen. Ich habe gehört, er war öfter hier mit einem Postwagen. Wie haben Sie sich eigentlich kennengelernt?«

»Beim Postaustragen. Er hat die Post zum Reisebüro gebracht, in dem ich arbeite, und so sind wir dann ins Gespräch gekommen. Markus ist ja ziemlich – er war! – kommunikativ.«

»Ja, das habe ich schon gehört.«

»Möchten Sie sonst noch etwas wissen?«

»Kennen Sie jemanden, mit dem er Ärger hatte? Jemand, der vielleicht wütend genug auf ihn war, um ihn umzubringen?«

»Nein. Er war ein höflicher, umgänglicher und liebenswerter Mensch. Ich kann mir nicht vorstellen, dass jemand etwas gegen ihn hatte. Was ist denn genau passiert?«

»Er hat sich mitten in der Nacht mit jemandem getroffen. Offenbar ist das Treffen etwas aus dem Ruder gelaufen und der Unbekannte hat ihn erschossen.«

»Und Sie haben keine Ahnung, wer dieser – Unbekannte – gewesen sein könnte?«

»Ich dachte, Sie könnten uns da weiterhelfen«, sagte Steen.

»Wieso ich?«

Steen sah sie an und schwieg. Sie erwiderte seinen Blick zunächst und wandte sich dann ab. Sie pokert, dachte Steen. Sie überlegt, ob wir wissen, dass sie weiß …

Aber sie ließ sich nicht dazu verleiten, mehr preiszugeben. Also blieb Steen nur die Möglichkeit, jetzt die Katze aus dem Sack zu lassen. »Frau Kriens, kurz bevor Markus Oltrogge umgebracht wurde, hatten Sie noch Kontakt mit ihm.«

»Wieso denken Sie das?«

»Wir haben die Handynachrichten, die Sie beide ausgetauscht haben. Und jetzt möchte ich, dass Sie uns reinen Wein einschenken, sonst muss ich daraus den Schluss ziehen, dass Sie vielleicht doch mehr mit Markus Oltrogges Tod zu tun haben, als Sie uns sagen.«

»Aber ich habe doch gesagt, ich war letzte Nacht hier …«

»… und haben mit Herrn Oltrogge Handynachrichten ausgetauscht. Sie wussten, mit wem er sich treffen will. Sie haben ihm abgeraten. Sie haben ihm geschrieben, dass da etwas faul sei. Und wenig später ist er tot.«

Sie wurde blass. Mit einer fahrigen Handbewegung strich sie sich ein paar Haarsträhnen aus dem Gesicht. Sie atmete tief durch, machte einen Schritt nach links und dann wieder zurück. Sie war jetzt also aufgeschreckt worden. Gut so, dachte Steen. Vielleicht kam ja jetzt endlich mal eine Aussage von ihr, die den Fall substanziell weiterbrachte.

Aber anscheinend war der Druck noch nicht groß genug.

Deshalb entschied Steen, ihn noch etwas zu erhöhen.

»In Herrn Oltrogges Wohnung fand sich kistenweise geöffnete Post. Er hat offenbar systematisch die Post anderer Leute geöffnet. Dafür könnte es mehrere mögliche Gründe geben. Einer wäre der Diebstahl von Wertsendungen. Eine andere Möglichkeit ist, dass Herr Oltrogge sich als Erpresser betätigt hat. Angenommen es war so, dann könnte es sein, dass sich Herr Oltrogge mit einem seiner Erpressungsopfer getroffen hat und sich diese Person das aber nicht bieten lassen wollte und mit ihm kurzen Prozess machte. Sie sind dann möglicherweise eine Komplizin.«

»Ich?«

»Der Nachrichtenverkehr kurz vor dem Mord lässt darauf schließen. Außerdem ist das, was ich Ihnen über die geöffnete Post gesagt habe, für Sie nichts Neues. Wir brauchen Sie nur der Mieterin gegenüberzustellen, die die Wohnung unter Herrn Oltrogge bewohnt, dann wird die Sie mit Sicherheit identifizieren …«

»Diese alte, neugierige Schnepfe.«

»Also, jetzt raus mit der Sprache! Sie können diese Sache nicht einfach aussitzen und darauf hoffen, dass das wie ein Gewitter an Ihnen vorübergeht.«

Jetzt meldete sich Altje zu Wort, nachdem sie an ihrem Dienstgürtel herumhantiert hatte. »Handschellen habe ich dabei, Steen!«

»Also, Sie werden mich doch jetzt nicht verhaften wollen? Ist das Ihr Ernst? Sie haben doch gar keine Beweise! Und weswegen auch? Hat sich irgendein Erpressungsopfer gemeldet?«

»Ich höre«, verlangte Steen.

Sie pokerte noch immer. Aber Steen sah an ihrer Reaktion, dass sie verunsichert war, und das gab dem Kommissar Hoffnung. Eigentlich hatte sie ja recht. Steen hatte tatsächlich keine Beweise gegen sie. Auch nicht für eine Komplizenschaft. Schließlich hatte er bis jetzt noch nicht einmal Beweise dafür, dass eine Erpressung stattgefunden hatte. Bislang waren das nur Spekulationen und Mutmaßungen. Aber das wiederum konnte Frauke Kriens nicht wissen. Und so wurde ihr das Schweigen letztendlich doch zu unsicher.

»Also gut, ich werde Ihnen alles sagen, was ich weiß«, erklärte sie.

»Warum nicht gleich so!«

»Weil es zum Teil privat ist! Und weil ich finde, dass man einen Toten nicht hinterher noch nachträglich anschwärzen sollte!«

»Jetzt erzählen Sie mal einfach.«

»Womit soll ich anfangen?«

»Zum Beispiel damit: Weshalb sollte ich nicht glauben, dass Sie eine Komplizin von Herrn Oltrogge sind und genau wissen, mit wem er sich getroffen hat!«

»Das ist nicht wahr! Wirklich nicht.«

»Aber Sie haben kurz vor dem ominösen Treffen Nachrichten mit ihm ausgetauscht. Soll ich Sie Ihnen vorlesen?«

»Ist nicht nötig.«

»Was haben Sie damit gemeint, dass etwas faul ist?«

»Zunächst mal: Ich war nie in Markus' Wohnung. Niemals. Bis zur Wohnungstür habe ich es geschafft, aber nicht weiter. Ehrlich gesagt hat mich das auch immer gewundert, aber er hatte eine plausible Erklärung dafür, dass er mich nicht reingelassen hat und weshalb wir uns immer bei mir getroffen haben.«

»Und die wäre?«

»Er sagte, er sei ein Messi. Seine Wohnung wäre nicht aufgeräumt und er würde jeden Müll aufbewahren. Dass er Post gehortet hat, davon hatte ich keine Ahnung.«

»Hm«, brummte Steen.

»Das müssen Sie mir glauben! Ich habe versucht, ihn davon zu überzeugen, eine Therapie oder so etwas anzufangen.«

»Wie hat er darauf reagiert?«

»Mit Abwehr natürlich. Genauso wenig wollte er, dass ich ihm beim Aufräumen helfe. Jetzt verstehe ich natürlich den Grund.«

»Zurück zu heute Nacht. Er hat Ihnen offenbar mitgeteilt, dass er sich mit jemandem treffen will.«

»Ja, aber er hat mir nicht gesagt, wer das ist.«

»Wann hat er Ihnen das gesagt?«

»Wir haben am Abend telefoniert. Eigentlich wollten wir uns treffen. Er wollte zu mir kommen, hat das aber abgesagt.«

»Weil er sich später noch mit diesem Unbekannten treffen wollte?«

»Genau.«

»Was hat er Ihnen darüber gesagt?«

»Dass er jemanden treffen wollte, der ihm ein Geschäft angeboten hat. Mehr hat er nicht gesagt.«

»Und Sie haben natürlich nicht nachgefragt?«

»Doch, natürlich habe ich nachgefragt. Aber er hat es mir nicht verraten. Markus konnte da sehr eigen sein. Ich habe keine Ahnung, worum es da ging. Es sei eine Überraschung, meinte er.«

»Hat er gesagt, wie viel Geld bei diesem Geschäft herausspringen würde?«

»Nein, auch das hat er nicht gesagt.«

»Und wieso haben Sie ihm dann geschrieben, dass etwas faul an der Sache sei?« Steen hob die Schultern. »Irgendetwas muss Sie doch zu dieser Vermutung animiert haben.«

»Wenn sich jemand nachts um diese Zeit bei der Anlegestelle des Torfschiffs am Delft treffen will, dann ist es doch naheliegend, dass etwas daran faul ist, oder? Ich habe ihm deswegen auch Nachrichten geschrieben, um möglichst lange mit ihm in Kontakt zu bleiben.«

»Bei der Polizei haben Sie trotzdem nicht angerufen, nachdem er sich bei Ihnen nicht mehr gemeldet hat.«

»Weil ich dachte, dass alles gut gelaufen ist, so wie Markus es vorhergesagt hat. Ich konnte ja nicht wissen, dass da ein Irrer auf ihn wartet.«

»Hat er etwas über die Größe des Geschäfts gesagt, das er mit diesem Unbekannten eingehen wollte?«, fragte Steen.

»Markus hatte immer irgendwelche großen Pläne. Ich habe das nie so ernst genommen.«

»Aber die Cocktailbar in Rio – das ist doch Ihre Idee gewesen, oder?«

Sie stutzte, schien einen Moment lang darüber nachzudenken, wie sie darauf reagieren sollte. Schließlich sagte sie: »Das war unser gemeinsamer Traum.«

»Aber nicht ganz billig!«

»Wenn man eine Weile spart und etwas Mut hat, dann bekommt man das schon hin.«

»Frau Kriens, Herr Oltrogge hatte diesbezüglich eine mehr oder minder länger anhaltende Auseinandersetzung mit seinem Vater.«

»Davon weiß ich nichts.«

»Herr Oltrogge wollte sich sein Erbe vorzeitig auszahlen lassen, um sich den Traum von der Cocktailbar in Rio zu erfüllen. Letztes Weihnachten hat er dann plötzlich gesagt, dass das nicht mehr nötig sei. Er hätte Geld genug. Haben Sie eine Ahnung, was das für eine Geldquelle ist, die er angeblich plötzlich aufgetan hat?«

»Das würde mich ehrlich gesagt auch interessieren.«

»Sie wissen also nichts davon?«

»Nein.«

»Das wundert mich.«

»Wieso?«

»Weil ich mir kaum vorstellen kann, dass man so etwas nicht miteinander bespricht, wenn man den gemeinsamen Traum hat, eine Cocktailbar in Rio zu eröffnen.«

»Wissen Sie … so konkret waren diese Pläne dann auch wieder nicht. Noch nicht.«

»Das trifft sich gut«, sagte Steen.

»Wieso?«

»Weil ich Sie bitten muss, diesen Plan nun, nach Herrn Oltrogges Ermordung, aus ganz anderen Gründen erstmal zurückzustellen.«

»Was soll das heißen?«

»Dass Sie die Stadt erstmal nicht verlassen und sich zu unserer Verfügung halten sollten. Wir haben nämlich mutmaßlich noch jede Menge Fragen an Sie, die sich im Laufe der Ermittlungen ergeben werden.«

»Keine Sorge, ich laufe Ihnen nicht weg.«

*

»Ich kann's kaum fassen, Steen!«, sagte Altje.

»Was?«

»Dass du sie einfach so davonkommen lässt! Die ist schuldig, das merkt man doch gleich! Das stimmt doch alles hinten und vorne nicht, was sie uns erzählt!«

»Noch interessanter dürfte das sein, was sie uns nicht erzählt hat«, fand Steen.

»Dann verstehe ich dich noch weniger!«

»Altje, wir haben nichts in der Hand gegen sie.«

»Ihre Nachrichten, die sie kurz vor dem Mord mit Markus Oltrogge ausgetauscht hat!«

»Die legen zwar nahe, dass sie den Unbekannten ebenfalls kannte, aber das muss nicht so sein. Ihre Darstellung könnte ebenfalls der Wahrheit entsprechen, und solange wir keine weiteren Anhaltspunkte haben, können wir nichts tun.«

Sie stiegen in den Dienstwagen.

Diesmal setzte sich Steen ans Steuer.

»Wenn Frauke Kriens etwas mit der Sache zu tun hat, dann bekommen wir das heraus, Altje«, äußerte er sich zuversichtlich.

»Aber ich hatte recht!«, gab sie zurück. »Das mit der Bar in Rio war nicht die Idee von Markus Oltrogge.«

»Ja, da hattest du den richtigen Riecher.«

»Und was Frauke Kriens angeht, habe ich den auch. Da ist was faul, Steen. Die ganze Art und Weise, in der sie auf die Nachricht von Markus Oltrogges Tod reagiert hat …« Sie schüttelte den Kopf. »Das war schon sehr eigenartig.«

»Du meinst, es passte nicht so ganz zur trauernden Hinterbliebenen?«

»Findest du das etwa?«

»Nein.«

»Na also!«

»Ich denke, sie reagierte deswegen so eigenartig, weil es da etwas gibt, was sie uns auf gar keinen Fall sagen wollte.«

»Das heißt, du denkst auch, dass sie wusste, mit wem sich Markus Oltrogge treffen wollte?«

»Ja. Aber leider können wir keine Gedanken lesen, Altje. Wir sind schon darauf angewiesen, dass die Frau uns sagt, was sie weiß.«

Kapitel 7

Ungefähr zur gleichen Zeit befand sich der Kollege Johnny Volkerts in einer Seitenstraße in Transvaal. Oder *auf* Transvaal, wie die Bewohner traditionellerweise sagten.

Dort war nämlich der Postwagen aufgefunden worden, den Markus Oltrogge gefahren hatte. Über das lokale Radio war in einer ersten Meldung über den Mord an dem Postboten auch nach dem Verbleib des Wagens gefahndet worden. Und nach einem Hinweis aus der Bevölkerung war er nun gefunden worden. Markus Oltrogge hatte ihn nur ein paar Minuten von seiner Wohnung entfernt in einer Nebenstraße abgestellt. Vermutlich hatte er einfach keinen anderen Parkplatz gefunden. Zumindest sah Johnny Volkerts keinen Grund, etwas anderes anzunehmen.

Volkerts hatte seinen Dienstwagen in der Nähe abgestellt. Bevor er das Postfahrzeug öffnete, hatte er sich Latexhandschuhe übergezogen. Schließlich würde der Wagen eventuell noch genauer untersucht werden müssen, falls sich Anhaltspunkte ergaben, die das aus irgendeinem Grund nahelegten.

Volkerts öffnete die Tür. Der Schlüssel stammte von einem Schlüsselbund, den man in der Wohnung des Toten sichergestellt hatte. Das Innere des Wagens war voller Plastikboxen mit sortierten Postsendungen. Die würden jetzt noch etwas länger brauchen, bis sie die Empfänger in Moordorf erreichten, denn erst musste der Wagen genauer unter die Lupe genommen werden. Und die Post selbst natürlich auch. Hatte Markus Oltrogge vielleicht die Sendungen schon danach sortiert, welchen Teil der Post er letztlich zu sich in die Wohnung bringen wollte? Und wenn ja – nach welchen Kriterien war das geschehen?

Eins stand nämlich fest: Markus Oltrogge konnte schon aus Platzgründen letztlich nur einen Bruchteil der in seinem Bezirk anfallenden Postsendungen in seine Wohnung bringen und dort so öffnen, dass schließlich niemand etwas merkte, wenn die Empfänger dann die Sendungen mit einiger Verspätung doch noch bekamen.

Manche waren vielleicht auch nie angekommen …

Volkerts öffnete das Handschuhfach. Neben den Fahrzeugpapieren und einer Parkscheibe lag dort noch ein Zettel, auf dem eine Nummer stand.

Als erfahrener Polizist hatte Johnny Volkerts natürlich sofort eine bestimmte Ahnung.

Egal ob Kontonummern, Steuernummern, Versicherungsnummern oder Festnetz-Telefonnummern oder Mobilfunknummern – ihnen allen lag eine bestimmte Systematik zugrunde.

Dies musste eine Festnetznummer sein – und zwar hier aus Emden!

Johnny Volkerts verabscheute Glücksspiel. Er kam aus einem streng reformierten Elternhaus, in dem so etwas als Sünde gegolten hatte. Aber in diesem Fall wäre Volkerts durchaus bereit gewesen, eine Wette darauf einzugehen.

Volkerts nahm sein Handy hervor und tippte mit dem Daumen die Nummer ein. Er war einfach neugierig. Seine streng reformierten Eltern und vor allem seine Großeltern hätten zwar Neugierde auch als verwerflich angesehen, aber in diesem Fall geschah es ja aus dienstlicher Notwendigkeit.

Bin mal gespannt, wer sich da meldet, dachte Volkerts.

Wenig später war auf der anderen Seite der Verbindung zu hören: »Hier Okko Vancamps. Ich habe leider Ihren Namen nicht verstanden … Wer spricht denn da überhaupt?«

Volkerts unterbrach die Verbindung.

Okko Vancamps – der Name sagte ihm etwas. Schließlich las er regelmäßig das Neue Ostfriesenblatt, und da war in letzter Zeit immer wieder mal über Okko Vancamps berichtet worden.

Genauer gesagt: Dr. Okko Vancamps, seines Zeichens Geschäftsführer der Vancamps-Reederei. Jener Reederei, die das Torfschiff angekauft hatte und dessen Renovierung als Museumsschiff finanzieren wollte. Volkerts erschien das schon ein eigenartiger Zufall zu sein, dass Markus Oltrogge die Telefonnummer von Okko Vancamps notiert hatte – und man Oltrogge später an der Anlegestelle des Torfschiffs zuerst ermordet und dann sogar in dessen Laderaum verfrachtet hatte.

Muss ja kein Zusammenhang bestehen, dachte Volkerts. Aber seltsam war es schon.

*

Ein Wagen hielt und parkte auf eine Weise, die so gar nicht den Straßenverkehrsvorschriften entsprach. Das Fahrzeug versperrte nämlich eine Ausfahrt. Aber das schien den Fahrer nicht weiter zu kümmern. Er stieg aus.

»Heh, dat gaait aber nicht!«, entfuhr es Johnny Volkerts spontan.

Es konnte schließlich nicht jeder seinen Wagen abstellen, wie er wollte! Wo kam man denn da hin!

Dann erkannte er den Fahrer.

»Moin, Johnny!«, rief der.

Es war niemand anderes als Tammo Tjaden, Reporter vom Neuen Ostfriesenblatt.

Tjaden kam auf Volkerts zu.

»Wie geht's, Johnny?«

»Ich kann mich gar nicht erinnern, das Du angeboten zu haben.«

»Das habe vermutlich auch ich gemacht.«

»Wie auch immer, du kannst da unmöglich deinen Wagen abstellen!«

»Ist ja nur für kurz.«

»Für kurz ist auch gegen die Vorschriften!«

»Ich habe deinen Dienstwagen am Straßenrand parken sehen, und da dachte ich: Der Johnny muss hier irgendwo sein. Und? Treffer!«

»Ich habe nichts dagegen, mit dir zu schnacken, aber zuerst musst du deinen Wagen wegfahren.«

»Wohin denn? Ist doch nirgendwo ein freier Parkplatz.«

»Ja dann … Du kannst ja zur Dienststelle kommen, wenn du ein Anliegen hast.«

»Ach, Johnny! Das ist doch nicht dein Ernst!«

»Ja, stell dir mal vor, da will jetzt jemand rein- oder rausfahren!«

»Das tut im Moment aber niemand!«, sagte Tammo Tjaden. »Außerdem ist es gegen die Vorschriften, ich weiß. Und davon abgesehen … würde ich mich lieber hier mit dir unterhalten als auf der Dienststelle.«

Johnny Volkerts runzelte die Stirn.

Einmal hatte er sich vor einiger Zeit darauf eingelassen, mit Tammo Tjaden zusammen ein Bier zu trinken. Wohlgemerkt nach Dienstschluss. Vermutlich war es dabei auch zur Duzerei gekommen, auf die Tjaden Bezug nahm. Aber das Schlimme war, dass Tjaden sich seitdem einzubilden schien, dass er gewisse Vorrechte für sich beanspruchen konnte. Aber egal, ob das nun nur den Parkplatz oder andere Dinge betraf – sowas konnte Johnny Volkerts einfach nicht ausstehen. Das Gesetz galt für alle, und zwar für alle gleich.

»Ich möchte gerne ein bisschen mehr über die Sache wissen, die heute am Delft passiert ist. Du weißt schon: der Tote im Torfschiff.«

»Ach, daher weht der Wind«, begriff Johnny Volkerts nun. »Du willst also nicht einfach nur schnacken, du willst mich ausquetschen.«

»Das ist jetzt ein sehr unschönes Wort dafür.«

»Aber das dürfte es doch so in etwa treffen, was du dir so gedacht hast, oder?«

»Ich muss doch irgendetwas darüber schreiben. Sonst fragen sich die Leute morgen früh, ob ihr Neues Ostfriesenblatt irgendwie hinter dem Mond ist und gar nichts mitkriegt!«

Johnny Volkerts atmete tief durch und richtete sich dabei zu voller Länge auf, wodurch umso deutlicher wurde, dass zumindest ein gestreckter Johnny Volkerts den Reporter vom Neuen Ostfriesenblatt ungefähr um einen Kopf überragte.

»Es hilft dir jetzt wahrscheinlich auch nicht weiter, wenn ich auf unsere Pressemitteilungen im Internet verweise …«, sagte er dann. »Da fassen wir immer die gesicherte Faktenlage zusammen. Und was da steht, das ist dann gewissermaßen auch amtlich.«

»›Eine männliche Person wurde in einem an einer Anlegestelle des Ratsdelfts befindlichen Schiff tot aufgefunden. Ein Tötungsdelikt zum Nachteil dieser männlichen Person wird angenommen‹«, zitierte Tammo Tjaden nach einem kurzen Blick aufs Handy. »Meinst du das?«

»Ja, da habt ihr doch was zum Schreiben!«

»Ja, klingt nach Literatur-Nobelpreis.«

»Das ist einfach und klar«, behauptete Johnny.

»Ja, sicher. Für ausschweifende Lyrik sind andere zuständig.«

»So ist es.«

»Aber ich dachte, ich könnte vielleicht noch ein bisschen mehr erfahren. Ich meine, ihr habt doch jetzt schon den ganzen Tag ermittelt. Im Radio kam der Aufruf, dass sich Leute melden sollten, die einen Postwagen gesehen haben, der irgendwo abgestellt ist.« Tammo Tjaden deutete auf das Fahrzeug, an dem sich Volkerts gerade zu schaffen gemacht hatte. »Man sieht ja: Sowas hat Erfolg. Ich nehme an, das ist der Wagen, der gesucht wurde.«

»Ja, das kann ich bestätigen.«

»Und welche Rolle spielt das Fahrzeug im Hinblick auf die Ermittlungen, Johnny?«

»Also jetzt mal im Klartext: Ich kann dazu nichts weiter sagen. Dazu bin ich nicht autorisiert.«

»Also mal so ganz unter uns, Johnny!«

»Unter uns heißt wohl: Unter uns beiden plus 50000 Leser des Neuen Ostfriesenblattes von morgen früh.«

»Naja – so ungefähr.«

»Ich mache mal einen Vorschlag zur Güte«, sagte Johnny Volkerts schließlich.

»Bin gespannt. Ich lass mich auf jede Schandtat ein!«

»Du gehst einfach zu Steen und fragst ihn mal. Wie man so mitbekommt, bist du ja gut darüber informiert, wo er anzutreffen ist. Das sollte also kein unüberwindliches Hindernis sein.«

Tammo Tjaden atmete tief durch. Das klang wie ein Seufzen, das von Herzen kam. »Du bist doch inzwischen lange genug dabei, um zu wissen, wie der Steen tickt.«

»Ja, so ein bisschen bekommt man mit der Zeit ja vom Kollegen mit«, gab Johnny Volkerts zu.

»Naja, dann weißt du ja, wo das Problem liegt. Der Kerl sagt mir einfach nichts.«

»Ordnung und Verschwiegenheit sind die Tugenden des Beamten«, sagte Johnny Volkerts. »Neben der Treue zum Dienstherrn natürlich.«

»Ich dachte, ich kann es ja mal versuchen …«

»Nee, das tut mir leid, aber das muss alles seinen korrekten Gang gehen und der Ansprechpartner für die Presse ist in diesem Fall nun mal Kriminalhauptkommissar Steen.«

»Habe ich jetzt verstanden. Ich komme also nicht an dem drögen Kerl vorbei. Stell dir vor, der will mich nicht mal duzen und beim Vornamen anreden.«

»Also wenn ich das recht überlege, ist es auch besser so, darauf zu verzichten«, fand Volkerts. »Schließlich soll ja alles immer korrekt ablaufen und niemand den Eindruck haben, dass da irgendeine Mauschelei stattfindet.«

»Ach, Johnny …«

»Ich habe nicht mehr so genau in Erinnerung, ab welchem Bier ich jetzt Johnny genannt werde, aber vielleicht sollten wir das Rad in dieser Hinsicht wieder zurückdrehen.«

»Wie?«

»Ich bin der Herr Volkerts für Sie. Und ich fordere Sie nun zum letzten Mal auf, Ihren Wagen dort wegzufahren, weil ich sonst eine ordnungsrechtliche Maßnahme ergreifen muss.«

»Das ist jetzt nicht dein Ernst, Johnny!«

»Herr Volkerts!«, korrigierte Johnny. »Und das ist mein voller Ernst! Ordnungsrechtliche Maßnahme heißt: Ich verhänge ein Ordnungsgeld.«

In diesem Moment unterbrach ein Hupen das Gespräch der beiden Männer.

Ein Mann wollte mit einem Lieferwagen aus der Einfahrt fahren und machte ein paar ungeduldige, etwas wirre, aber trotzdem leicht zu deutende Gesten mit seinen Händen.

»Ihr Fahrzeug stellt eine Verkehrsbehinderung dar«, legte Johnny Volkerts jetzt nochmal nach.

Tammo Tjaden machte eine wegwerfende Handbewegung.

»Nichts für ungut … Herr Volkerts«, knurrte der Reporter und beeilte sich, zu seinem Wagen zu kommen. Unterdessen hupte der Lieferwagenfahrer noch ein weiteres Mal. Er schien zeitlich ziemlich unter Druck zu sein.

»Ja, und was ist das hier?«, rief Tammo Tjaden noch zurück, als er die Wagentür erreicht hatte und sich noch einmal umdrehte. »Ist das etwa keine Ruhestörung, Herr Volkerts?«

Dann stieg er ein, startete den Wagen und fuhr davon.

Die Art und Weise, in der er sich in den fließenden Verkehr einfädelte, war dabei ziemlich rustikal. Der Lieferwagen hatte nun endlich freie Fahrt.

»So einer denkt auch, er könnte sich alles rausnehmen!«, murmelte Johnny Volkerts halblaut vor sich hin. »Der hat gar nicht geblinkt!«

Kapitel 8

Frauke Kriens verließ ihre Wohnung und war auf dem Weg zu dem Parkplatz, wo ihr Wagen stand.

»Na, noch so spät unterwegs?«, fragte eine Stimme.

Es war die alte, dicke Frau am Fenster, die mehr oder minder rund um die Uhr diesen Teil der Straße überwachte.

Frauke Kriens hatte eine wütende Erwiderung auf der Zunge, schluckte sie aber noch rechtzeitig wieder herunter, ehe sich die ersten Wörter über ihre Lippen stehlen konnten. Was bildete sich die Alte ein? Erstens war es gerade mal später Nachmittag und viele Leute hatten noch nicht mal Feierabend, und zweitens ging es niemanden etwas an, wohin sie ging.

Einfach ignorieren, dachte sie. Das ist das Beste!

Aber da hatte sie die Rechnung ohne ihre Nachbarin gemacht.

»Den Postboten können Sie nicht besuchen«, sagte sie. »Der ist nämlich tot. Der Kommissar war doch bei Ihnen. Hat er Ihnen das nicht gesagt?«

Frauke Kriens blieb stehen und drehte sich zu der alten Frau um. »Am besten, Sie kümmern sich um Ihre eigenen Angelegenheiten«, sagte sie und bereute es gleich schon. Denn sie wusste natürlich aus eigener leidvoller Erfahrung, dass man ihr nicht auf den Leim gehen durfte. Wenn man ein Gespräch mit ihr begann, dann hatte man schon verloren. Sie zog dann irgendwelche Schlüsse, die den Gesprächspartner zu einer Reaktion verleiten sollten, und was man dann preisgab, bekam sie natürlich in den falschen Hals. Wenn man nicht wollte, dass sie diese Version weiterverbreitete, musste man sie korrigieren – und damit hatte sie einen dann genau da, wo sie wollte. Im Prinzip war ihre Verhörtechnik noch sehr viel hinterhältiger und effektiver als die des Kommissars, wie Frauke Kriens fand.

»Wat ist denn mit dem Postboten passiert?«, fragte die alte Frau. »Der Kommissar hat Ihnen doch bestimmt etwas mehr erzählt!«

Frauke Kriens ignorierte ihre Nachbarin jetzt.

Sie ging einfach weiter.

»Man wird ja wohl noch fragen dürfen!«, rief die alte Frau ihr hinterher.

Frauke Kriens setzte sich ans Steuer ihres Wagens und atmete erstmal tief durch.

Die Stille im Inneren des Fahrzeugs tat ihr gut.

Sei froh, dass ich dich auf diese Weise zum Schweigen bringen konnte, du alte, fette Hexe!, dachte sie und meinte damit ihre Nachbarin. Sie hatte sich mit ihr von Anfang an nicht verstanden. Und ihr Name passte dazu auch noch wie die sprichwörtliche Faust aufs Auge: Die alte Frau hieß nämlich Bernhardine Boese. Neugierig, aufdringlich und den ganzen Tag am Meckern. Fraukes Gedanken hellten sich erst auf, als sie daran dachte, dass sie all das vielleicht schon bald hinter sich lassen würde. Denn ihren großen Traum hatte sie noch längst nicht aufgegeben: die Cocktailbar in Rio de Janeiro. Jeden Tag an der Copacabana sonnen und abends ein paar Drinks mixen. Dazu Samba und Bossa-Nova-Musik.

Sie lächelte verhalten, aber dieses Lächeln bekam nun einen harten, entschlossenen Zug. Dass Markus jetzt nicht mehr mit ihr nach Rio ziehen würde, war bedauerlich. Aber nichts würde sie davon abhalten können, diesen Plan durchzuführen. Das zieh ich durch!, dachte sie. Koste es, was es wolle. Man hatte schließlich nur ein Leben. Und Bernhardine Boese war für Frauke das abschreckende Beispiel dafür, wie sie selbst vielleicht eines Tages werden würde, wenn sie nicht damit anfing, ihr richtiges Leben zu leben. Ihr eigentliches Leben. Nicht das eintönige Einerlei, das sie im Augenblick hatte, mit dem Job im Reisebüro, der ihr keinen Spaß machte, und etwas Fernsehen, wenn sie zu Hause war.

Sie startete den Motor, machte das Radio an und fuhr los.

Der Weg, den sie vor sich hatte, war nicht weit. Sie fuhr nach Hinte. Ein paar Kilometer waren das nur. In Hinte gab es nämlich eine Besonderheit, die nichts mit irgendeiner Windmühle oder einem Denkmal oder irgendeiner anderen ostfriesischen Touristenattraktion zu tun hatte. In Hinte stand eine der letzten 16000 Telefonzellen Deutschlands. Es waren mal sehr viel mehr gewesen, jetzt gab es noch ungefähr 16000 und es wurden jedes Jahr weniger. Auch die Zelle in Hinte würde wohl nicht ewig dort bleiben. Brachte eine Zelle über längere Zeit nicht mehr als 50 Euro Monatsumsatz, dann kam irgendwann der Bautrupp, der sie entsorgte. Der Betrieb war dann einfach nicht mehr wirtschaftlich.

Bislang schien in der Zelle in Hinte immer noch für wenigstens 50 Euro im Monat telefoniert worden zu sein.

Frauke fuhr die Landesstraße entlang und bog dann in die Gewerbestraße ein. Auf der Ecke befand sich eine Tankstelle und dort war die Telefonzelle.

Frauke stellte den Wagen ab, stieg aus und wenig später hatte sie den Hörer in der Hand. Sie wählte eine Nummer. Dass sie nicht einfach ihr Handy für dieses Gespräch nahm, hatte seinen guten Grund. Sie fürchtete nämlich, dass sie bei einem Handygespräch Spuren hinterließ. Seit Markus Oltrogges Tod musste sie damit rechnen, dass die Polizei alles ganz genau unter die Lupe nahm. Dass man sie abhörte, glaubte sie zwar nicht. Aber konnte sie es wirklich ausschließen?

Sicher war sicher.

Und so hatte sie sich dafür entschieden, dieses Gespräch von der Telefonzelle aus zu führen.

»Schön, dass ich Sie gleich in der Leitung habe … Ich denke, Sie wissen genau, wer ich bin … Denken Sie nicht, dass Sie jetzt aus der Sache so einfach rauskommen … Der Preis hat sich nur erhöht …« Eine Pause folgte. Frauke Kriens wunderte sich über ihren eigenen Mut. Es war gar nicht so schwierig, fand sie. Der Gesprächspartner auf der anderen Seite der Leitung schwieg jetzt eine ganze Weile. Frauke wollte ihm Zeit genug zum Nachdenken geben. Was sie ihm offenbart hatte, musste bei ihrem Gegenüber erst einmal sacken. Das war ihr vollkommen klar.

Der Puls schlug Frauke bis zum Hals.

Es gab Momente im Leben, von denen alles abhing. Momente, in denen sich alles änderte und nach denen nichts mehr so sein würde, wie es gewesen war. Frauke hatte das Gefühl, jetzt genau so einen Moment zu erleben.

»Nein, wir treffen uns an einem Ort, an dem uns jeder sehen kann. Ich möchte nicht, dass mir dasselbe passiert wie Markus … Sie kommen zu uns ins Reisebüro … Dort erkundigen Sie sich nach Reisemöglichkeiten nach Mauritius und daraufhin wird man Sie an mich verweisen, denn dafür bin ich zuständig … Bringen Sie alles mit, was nötig ist … Nein, das wird sehr diskret ablaufen … Hängt doch von Ihnen ab … Nein, Sie haben keine Wahl. Ich lasse Ihnen nur diese eine Chance. Andernfalls … Ich merke, wir haben uns verstanden … Bis morgen!«

Das Gespräch war beendet.

Frauke Kriens hängte den Hörer ein.

Kapitel 9

»Irgendwie hatte ich das Gefühl, als ob die Bar in Rio der Frau Kriens wichtiger war als der Verlust von Herrn Oltrogge«, stellte Kommissar Steen fest, während inzwischen das ganze Team zur Dienststelle zurückgekehrt war. Steen zuckte mit den Schultern. »Jedenfalls war das mein Gefühl nach dem Gespräch.«

»Meins auch«, ergänzte Altje. »Mit diesem Wicht nach Rio auszuwandern war sicher keine gute Idee von Herrn Oltrogge.«

»Denkt ihr denn, dass sie etwas mehr mit dem Fall zu tun hat?«, fragte Ulfert. »Ich meine, wir könnten ja versuchen, mal herauszufinden, wie sie finanziell so steht und ob da irgendwelche ungewöhnlichen Dinge zu finden sind … so wie bei Herrn Oltrogge?«

»Davon hast du noch gar nichts erzählt!«, entfuhr es Steen.

»Bin ich noch nicht zu gekommen«, verteidigte sich Ulfert. »Und davon abgesehen, ist das auch noch alles andere als eine gesicherte Bestandsaufnahme von Herrn Oltrogges finanziellen Verhältnissen. Aber auf dem Handy, auf dem ich die Nachrichten von Frau Kriens gefunden habe, war auch der Zugang zu seinem Bankkonto. Und – was soll ich sagen? Eine halbe Million Euro ist doch für einen Postboten ganz erstaunlich, wie ich finde.«

»Du denkst nicht, dass er einfach nur sparsam war, oder?«, fragte Steen.

Ulfert schüttelte den Kopf. »Er hat offenbar über seinen Postjob hinaus weitere Geldquellen gehabt.«

Steen wirkte nachdenklich. Auf seinem Schreibtisch stand eine Tasse Tee, von der er jetzt erstmal einen Schluck nahm.

»Wird interessant sein, zu sehen, was für Quellen das im Einzelnen gewesen sind«, meinte er. »Aber eins dürfte auch feststehen: Auf diese halbe Million wird Frauke Kriens nicht zählen können, wenn sie an ihrem Plan, nach Rio auszuwandern, festhält.«

»Ich habe kein Testament in der Wohnung gefunden«, berichtete Ulfert.

»Ich auch nicht«, sagte Steen.

»Dann erben normalerweise die Eltern«, erklärte Johnny Volkerts.

»Die werden sich freuen«, sagte Steen. »Das ist wirklich schon eine Ironie: Erst will Markus Oltrogge sein Erbe vorzeitig ausbezahlt bekommen, was ihm verweigert wird, weil das die Spedition der Oltrogges in Gefahr bringen könnte, und jetzt fließt das Geld sehr wahrscheinlich genau in die entgegengesetzte Richtung.«

»Aber du denkst doch jetzt nicht, dass die Familie etwas mit Markus Oltrogges Tod zu tun hat!«, meinte Altje.

Steen zuckte mit den Schultern. »Wir können noch nicht viel über diesen Fall sagen, Altje.«

»Das ist wahr.«

»Aber ausschließen können wir noch weniger.«

»Bei der Gelegenheit: Ich habe hier auch noch etwas zu berichten, wovon ich noch nicht so genau weiß, was es zu bedeuten haben könnte«, erklärte nun Johnny Volkerts. »Im Handschuhfach des Postwagens war ein Zettel mit einer Telefonnummer. Diese Nummer gehört offensichtlich keinem Geringeren als Okko Vancamps.«

»Dem Geschäftsführer der Vancamps Reederei?«, fragte Ulfert erstaunt.

»Genau dem – bekannt aus Funk und Fernsehen«, nickte Volkerts. »Vergeht kaum eine Woche, in der nicht irgendwas über den in der Zeitung steht.«

»Was hatte Markus Oltrogge denn mit dem zu tun?«, wollte Altje wissen.

»Wir können ihn ja bei Gelegenheit selbst mal fragen, den Herrn Vancamps«, meinte Steen. »Dann ergibt sich natürlich noch ein ganz anderer Zusammenhang zu dem Torfschiff, denn das gehört doch den Vancamps, wenn ich richtig informiert bin.«

»Ganz genau«, nickte Volkerts.

»Hm«, murmelte Steen stirnrunzelnd. »Ehrlich gesagt kann ich mir da im Moment noch keinen Reim drauf machen.«

»Ich auch nicht«, gab Volkerts zu. »Umso erleichterter bin ich, dass ich nicht der Einzige bin, der sich darüber wundert.«

»Morgen früh sind wir wahrscheinlich etwas schlauer«, meinte der Kommissar dann.

»Meinst du, weil dann zumindest der ballistische Bericht kommt?«, fragte Ulfert.

Steen nickte. »Unter anderem. Was die Obduktion angeht, müssen wir uns ja wohl noch gedulden … Aber von der erwarten wir ja ohnehin keine Überraschungen.«

»Apropos Überraschung«, sagte Johnny Volkerts an Steen gewandt. »Tammo Tjaden vom Neuen Ostfriesenblatt hat mich quasi überfallen, als ich bei dem Postwagen zugange war.«

Steen hob die Augenbrauen. »So?«

»Ich denke, es war in deinem Sinne, dass ich ihn an dich verwiesen habe.«

»Eigentlich könnte der sich auch mit unseren Pressemeldungen zufriedengeben«, meinte Steen.

»Ja, die waren ihm ein wenig dürftig. So wie ich den Herrn inzwischen kennengelernt habe, ist er äußerst hartnäckig.«

»Das kann man laut sagen«, bestätigte Steen.

»Ich wollte es dir nur sagen, Steen: Du musst damit rechnen, dass er dich noch früher oder später aufsucht.«

»Ja, ich fürchte, das wird nicht zu vermeiden sein«, sagte der Kommissar. Er sah auf die Uhr. »Morgen ist auch noch ein Tag. Machen wir Feierabend für heute.«

Kapitel 10

Ungefähr eine halbe Stunde später traf Steen bei seiner Stammwirtin Rieke ein. Er hatte einen Mordshunger. Seit dem Frühstück hatte er nichts mehr zu sich genommen. Die Ermittlungen im Fall Oltrogge hatten ihm dazu einfach keine Zeit gelassen.

»Moin Steen«, begrüßte ihn Rieke. »Einen Hafenarbeiter?«

»Ja«, sagte Steen.

Ein ›Hafenarbeiter‹, das war bei Rieke ein Stück Schwarzbrot mit Ei, Matjes und Krabben. Genau das brauchte Steen jetzt, damit der Feierabend für ihn gerettet war.

»Ich habe gehört, ihr habt im Moment wieder viel zu tun«, meinte sie. »Im Radio kam die Meldung über den Toten im Torfschiff.«

»Na, dann bist du ja bestens informiert«, sagte Steen.

»Ja, von dir würde ich ja sowieso nicht mehr erfahren!«

»Ich bin Beamter«, sagte Steen. »Und als solcher zur Verschwiegenheit verpflichtet.«

»Ja, Ausreden gibt es immer«, sagte Rieke, während sie den ›Hafenarbeiter‹ für den Kommissar fertig machte. »Aber mal ehrlich: Ist doch seltsam, dass man den Toten in den Laderaum vom Torfschiff gelegt hat.«

»Wie man es nimmt.«

»Also wenn ich jetzt der Mörder gewesen wäre, Steen …«

»Du?«

»Nur mal hypothetisch.«

»Verstehe.«

»Dann hätte ich das Opfer einfach ins Wasser geworfen.«

»Der Täter wollte wohl nicht, dass die Leiche irgendwo wieder auftaucht und im Hafen herumschwimmt«, meinte Steen. »So einfach ist das nicht, dafür zu sorgen, dass ein Toter nicht wieder aufsteigt.«

»Füße in Beton, Steen! Wie bei der Mafia!«

»Ist in der Wirklichkeit nicht alles so wie im Fernsehen«, sagte Steen.

Rieke stellte ihm den ›Hafenarbeiter‹ hin und der Kommissar begann zu essen. »Weißt du, dass dieses alte Torfschiff am Delft früher mal meinem Großvater gehört hat?«

Steen sah auf.

»Dein Großvater war Torfschiffer?«, wunderte er sich.

»Ja, du sitzt hier jeden Tag und ich rede mit dir. Trotzdem weißt du viele Dinge noch nicht.«

»Wirklich dasselbe Schiff?«, hakte Steen nochmal nach.

»Was ist los? Du wirst ja richtig geschwätzig. Normalerweise bin ich doch die Dauerrednerin.«

»Muss am Thema liegen«, meinte Steen.

»Mein Großvater war Torfschiffer. Ihm gehörte das Schiff auch, mit dem er unterwegs war. Radbod hieß das Schiff damals.«

»Nach dem legendären Friesenkönig?«

»Genau. Eigentlich sollte mein Vater das Schiff mal übernehmen. Aber der wollte das nicht, wie er mir mal erzählt hat.«

»Wurde ja auch immer weniger mit der Schifffahrt auf den Tiefs und Kanälen«, meinte Steen. »Heute sind da ja eigentlich nur noch Freizeitschiffer unterwegs – und die Wasserschutzpolizei.«

Steen nahm einen großen Happen. Der Matjes war wirklich gut, fand er. Genau, wie er sein sollte.

»Ich denke, das war damals schon nicht mehr zu übersehen«, sagte Rieke. »Mein Vater hat dann lieber eine Stelle bei VW angenommen, wo er dann bis zur Rente gearbeitet und gut verdient hat.«

»Ich nehme an, dein Großvater war alles andere als begeistert!«, vermutete Steen.

»Das war wie ein Verrat. Die beiden haben zwei Jahre nicht miteinander gesprochen.«

»Oh! So schlimm?«

»Mein Großvater hat das Schiff dann an jemand anderen verkauft. Und der wiederum ist noch ein paar Jahre damit gefahren und hat es dann schließlich an die alte Frau Vancamps verkauft.«

»Was für eine alte Frau Vancamps?«

»Undine Vancamps, die Witwe des Gründers der Reederei. Eine feine Dame, wohnte in Moordorf und hat sich immer für die Pflege der regionalen Heimatgeschichte eingesetzt. Eine Museumswindmühle ist mithilfe ihrer Stiftung ausgebaut und restauriert worden und auch das Torfschiff Radbod muss man wohl in diese Rubrik einordnen.«

»Du hast gesagt: Undine Vancamps wohnte in Moordorf?«

»Ja, sie ist vor einiger Zeit verstorben. War aber auch schon alt.«

»Jetzt führt doch ihr Sohn die Reederei. Dieser Okko. Oder ist das ihr Enkel?«

»Das ist ihr Neffe. Undine Vancamp hatte keine Kinder.«

»Verstehe.«

Rieke seufzte jetzt und schwieg dann einige Augenblicke. »Schon seltsam, dass im Schiff meines Großvaters jetzt ein Toter gefunden wurde. Verstehst du jetzt, dass mich das auch aus persönlichen Gründen stark interessiert?«

»Das verstehe ich«, nickte Steen. »Sag mal, diese Frau Undine Vancamps – weißt du noch so ungefähr, wann die verstorben ist?«

»Hasst du den Tjaden vom Neuen Ostfriesenblatt so sehr, dass du ihm nicht nur keine Interviews gibst, sondern dass du dich zusätzlich auch noch standhaft weigerst, die Zeitung auch nur zu lesen, für die er unterwegs ist?«

»Nun übertreib mal nicht«, wandte Steen ein.

»Ja, ist es denn nicht so?«

»Ich komme einfach nicht zum Lesen«, gestand Steen. »Das ist alles. Das ist keine Weltanschauung und auch kein persönlicher Groll gegen Herrn Tjaden.«

»Ungefähr ein Dreivierteljahr dürfte das her sein«, berichtete Rieke. »Herr Tjaden hat sehr ausführlich und mit ungewöhnlich vielen Bildern darüber berichtet. Und so mancher in der Stadt hat beim Tod der alten Dame namens Undine Vancamps ein paar Krokodilstränen verdrückt – denn die Frau hat alles Mögliche gefördert. Museen, Kultur und vor allem eben alles, was mit alten Schiffen zu tun hatte.«

»Du meinst, sie hat manches finanziert, was sonst die Stadt Emden hätte finanzieren müssen.«

»Ja, kann man sagen, Steen.«

»Aber für dich muss es doch schön sein, das Schiff deines Großvaters jetzt am Delft liegen zu sehen.«

»Wenn ich da das nächste Mal vorbeigehe, denke ich wahrscheinlich zuerst daran, dass da ein Toter drin lag – und nicht an meinen Großvater«, meinte Rieke. »Und ich glaube, das wird vielen Leuten so gehen. Die ›Radbod‹ ist jetzt erstmal das Schiff mit der Leiche vom Postboten im Laderaum.«

»Ja, das wird wohl so sein.«

»Ihr kriegt schon raus, was dahintersteckt, Steen!«

»Wenigstens eine, die in dieser Hinsicht zuversichtlich ist«, sagte Steen. Denn im Moment war die Lage nach seiner Einschätzung so, dass sich andauernd neue Fragen auftaten, anstatt dass irgendeine davon auch nur annähernd beantwortet werden konnte.

Kapitel 11

Am nächsten Morgen verließ Frauke in aller Frühe ihre Wohnung. Es war kalt. Ein eisiger Wind fegte über den Emder Stadtteil Conrebbersweg. Frauke Kriens schlug sich den Kragen ihrer Jacke hoch. Der Wind war so heftig, dass ihre Frisur vermutlich völlig ruiniert sein würde, wenn sie beim Reisebüro ankam.

Nicht mehr lange, dachte sie, dann wird sich das alles ändern. Dann wird ein besseres Leben auf mich warten. Sie lächelte verhalten bei dem Gedanken daran. Aber das Lächeln verflog schnell wieder, denn bevor sie ihren ungeliebten Job beim Reisebüro aufgeben konnte, musste sie noch ein paar Dinge erledigen, die nicht ganz ohne waren.

Aber Frauke Kriens war zu allem entschlossen.

Das zieh ich jetzt durch, dachte sie.

Das Einzige, was sie ärgerte, war, dass Markus Oltrogges Mörder vermutlich ungeschoren davonkommen würde, wenn alles nach Plan verlief. Aber das war wohl nicht zu ändern.

Noch bevor sie den Wagen starten konnte, tauchte seitlich ein Schatten auf.

Undeutlich nahm sie eine Bewegung wahr, blickte dann in die Mündung eines Schalldämpfers.

Es machte ein dumpfes Geräusch, das an den Schlag mit einer zusammengerollten Zeitung erinnerte.

Die Kugel schlug durch die Seitenscheibe und traf Fraukes Kopf.

Ein zweites Geschoss folgte.

Frauke Kriens zuckte und brach hinter ihrem Steuer in sich zusammen.

Kapitel 12

Als Steen am nächsten Morgen zur Dienststelle kam, war es früher als sonst. Das lag daran, dass er entgegen seiner sonstigen Gewohnheit heute nicht im Café am Stadtgarten frühstücken konnte. Das Café hatte nämlich geschlossen. *Renovierungsarbeiten nach einem Wasserschaden* hatte an dem Schild gestanden, das an der Tür angebracht worden war. Offenbar hatte es da einen Wasserrohrbruch oder etwas Ähnliches gegeben und für Steen bedeutete dies, dass er auf andere Weise satt werden musste.

Daher hatte er sich zwei belegte Brötchen und einen Kaffee zum Mitnehmen gekauft und zur Dienststelle mitgenommen.

Eigentlich bevorzugte Steen ja Tee.

Aber wenn schon Tee, dann auf die ostfriesische Weise – und nicht etwa einen ›Tee zum Mitnehmen‹. Da schmeckte selbst Leitungswasser besser. Nein, dann lieber keinen Tee und dafür einen Kaffee. Für das Echte gibt es keinen Ersatz, erinnerte Steen sich an einen Werbespruch aus seiner Kindheit. Ein Werbespruch für Zigaretten im Übrigen. Aus diesem Grund war er im Zeitalter der Nichtraucher wohl etwas aus der Mode gekommen. Aber wenn man diese Botschaft nicht auf die angebliche Authentizität einer Zigarettenmarke bezog, dann hatte sie Steens Ansicht nach nichts von ihrer Gültigkeit verloren.

Steen war also deutlich früher im Büro, als er ursprünglich geplant hatte. Er setzte sich an seinen Schreibtisch und begann sein Frühstück. Eigentlich hatte er angenommen, dabei weitgehend allein zu bleiben.

Aber er hatte sich getäuscht.

Wenig später klopfte es an der Bürotür.

Dass da jemand klopfte und nicht einfach hereinkam, war schon ungewöhnlich genug. Steen sah auf.

»Moin, Steen«, sagte eine Stimme, die ihm wohlbekannt war.

In der Tür stand ein Mann von Mitte sechzig mit grauem Bart und freundlichem Gesicht.

»Ihno!«, entfuhr es Steen.

»Die Frau Swart am Eingang hat mich noch erkannt und hereingelassen.«

»So lange ist es ja nun auch noch nicht her, dass du pensioniert wurdest, Ihno!«

»Kommt mir trotzdem manchmal wie eine Ewigkeit vor!«

»Moin erstmal! Und setz dich!«

Ihno Purwin war bis vor kurzem eine wichtige Säule in Kommissar Steens Team gewesen. Bis zu Ihnos Pensionierung. Der eifrige und sehr korrekte Polizist hatte sich daraufhin als Privatdetektiv selbstständig gemacht. Ruhestand, das war irgendwie nichts für ihn. Er hatte damit ziemlich gehadert, als es bei ihm schließlich so weit gewesen war und der Augenblick, in dem er aus dem Dienst scheiden sollte, immer näher rückte. Als Opa im Lehnstuhl konnte sich Ihno einfach noch nicht sehen.

Ihno setzte sich auf einen der freien Stühle.

»Riecht nach leckerem Kaffee hier«, meinte er.

»Ich kann dir leider nichts anbieten, Ihno. Es sei denn, du bist bereit, mit mir aus demselben Becher zu trinken.«

»Nee, das muss jetzt nicht unbedingt sein.«

»Das Café hat zu. Wasserschaden, deswegen war ich gezwungen, hier zu frühstücken.«

»Wenn ich dich störe, Steen …«

»Nein, nein, du störst nicht.«

»Was macht mein Nachfolger?«

»Johnny Volkerts? Hat sich gut eingearbeitet.«

»Ich hoffe, er macht euch nicht zu viel Ärger. Ich habe neulich noch einen Kollegen getroffen, der eine Weile mit ihm arbeiten musste …«

»Klingt nicht so, als wäre das ein Vergnügen gewesen!«

»Er hat auf der Dienststelle die Akten nach angeblichen Vorgaben des Ministeriums umsortiert, was dazu geführt hat, dass niemand mehr irgendwas wiedergefunden hat!«

Steen seufzte. »Das hat er hier auch gemacht.«

»Ist nicht dein Ernst!«

»Wir alle haben ihm – im Wesentlichen – verziehen«, sagte Steen.
»Na, da seid ihr ja richtig großherzig, alle miteinander!«
»Ihno, auch der größte Schurke muss am Ende wieder resozialisiert werden!«
»Das stimmt natürlich auch wieder.«
»Sag mal, Ihno, schaust du einfach nur so vorbei, um zu sehen, wie unentbehrlich du warst, oder hast du irgendein Anliegen?«
Ihno lachte kurz. »Ich war also unentbehrlich?«
»Naja – ein bisschen.«
»Ein bisschen unentbehrlich sein, das geht nicht. Entweder man ist unentbehrlich oder es geht auch ohne einen. Dazwischen gibt es nichts. Das ist wie ein bisschen tot. Das geht auch nicht.«
»Man muss ja nicht jedes Wort auf die Goldwaage legen, Ihno.«
»Schade«, sagte er.
»Was ist schade?«
»Dass man so etwas erst hört, wenn man nicht mehr dabei ist.« Bevor Steen darauf antworten konnte, hob der Ex-Kollege beschwichtigend die Hände und fuhr fort: »Ja, ich weiß: Kein Tadel ist Lob genug!«
Steen zuckte mit den Schultern und nahm einen weiteren Happen von seinem Brötchen. Er war inzwischen schon bei Brötchen Nummer zwei. »Ist es nicht so?«
Ihno Purwin ging darauf nicht weiter ein. Stattdessen kam er jetzt zur Sache. Der eigentlichen Sache, derentwegen er hier war. »Du hast recht, Steen, ich habe ein Anliegen an dich.«
»Was kann ich für dich tun?«
»Vorausgesetzt, eure wandelnde Dienstaufsicht namens Johnny Volkerts schreitet da nicht ganz energisch ein, oder?«
»Noch bin ich hier der Chef«, sagte Steen.
Ihno Purwin atmete tief durch. »Wie auch immer. Es ist doch so, dass ihr im Moment den Fall des toten Postboten bearbeitet, den man im Torfschiff am Delft gefunden hat.«

»Ja, das ist richtig. Jemand anderes macht das ja nicht.«

»Und ist es richtig, dass dieser Postbote Markus Oltrogge heißt und seit etwas mehr als einem Jahr die Post in Moordorf austrägt?«

»Der Name stand nicht in unserer Pressemitteilung.«

»Er stand auch nicht in der heutigen Ausgabe des Neuen Ostfriesenblattes.«

»Da bin ich aber beruhigt.«

»Es war aber nicht schwer zu erraten. Jeder, der sich etwas in Moordorf auskennt und die Verhältnisse kennt, weiß, wer gemeint ist.«

»Das ist durchaus möglich. Aber wieso stellst du mir diese Fragen – ich dachte, du wolltest etwas von mir.«

»Dazu komme ich jetzt«, sagte Ihno. »Es hängt mit einem Fall zusammen, den ich vor einiger Zeit übernommen habe.«

»Als Privatdetektiv.«

»Ja. Viel verdient habe ich nicht daran. Erstens hatte die Frau, die mich beauftragt hat, nicht viel Geld und zweitens war ich auch nicht erfolgreich.«

»Nun mal der Reihe nach: Wer hat dich denn beauftragt und worum ging es?«

»Also es gab da eine alte, kranke, aber sehr reiche Dame in Moordorf. Und die Frau, die mich beauftragt hat, war bis zu ihrem Tod ihre Pflegerin. Sie heißt Anke Menningbrook und hat bis zu ihrem Renteneintritt in verschiedenen Krankenhäusern und Altenheimen in Emden und Aurich gearbeitet. Frau Menningbrook wohnt auch in Moordorf, keine fünf Minuten von dem Haus der alten Dame entfernt, was natürlich sehr praktisch war.«

»Sag mal diese alte Dame, die gestorben ist – das war nicht zufällig Undine Vancamps?«

»Doch, genau die!«

»Die Witwe des Erben der Vancamps-Reederei, die so viele heimatgeschichtliche Projekte gefördert hat und der die Stadt Emden unter anderem das Torfschiff am Delft verdankt?«

»Exakt. Steen, ich staune: Du bist gut informiert.«

»Rieke hat mir davon erzählt. Ihr Großvater war nämlich mal der Eigentümer des Torfschiffs, als es noch wirklich ein Torfschiff war. Über einen weiteren Besitzer ist es dann schließlich an die Vancamps-Witwe gelangt.«

»Dafür bleibt es jetzt als Museumsstück erhalten«, meinte Ihno. Er zuckte mit den Schultern. »Ist doch besser, als wenn es zum Altholz oder auf den Schrott käme.«

»Sicher.«

»Also, um nochmal auf Anke Menningbrook, meine Auftraggeberin, zurückzukommen …«

»Was das alles jetzt mit dem toten Postboten im Torfschiff zu tun hat, erschließt sich mir allerdings noch nicht so ganz«, unterbrach ihn Steen.

»Dazu komme ich gleich.«

»Ich bin gespannt.«

»Also Frau Menningbrook, meine Auftraggeberin, hat für Frau Vancamps täglich für ein bis zwei Stunden pflegerische Dienste übernommen. Dazu gehörte zum Beispiel die Verabreichung der täglichen Insulinspritzen, da Frau Vancamps schwer zuckerkrank war, und diverse andere Dinge, die wir jetzt nicht im Einzelnen erläutern müssen. Ich denke, du kannst dir das vorstellen, Steen.«

»Kann ich.«

»Und du kannst dir vielleicht auch vorstellen, dass die herzensgute Frau Vancamps, die so viel von ihrem Geld für kulturelle Zwecke gestiftet hat, der Frau Menningbrook sehr dankbar war. Und zwar so dankbar, dass sie ihre Pflegerin auch im Testament bedenken wollte. Und zwar mit einer nicht unerheblichen Summe.«

»Ja, solche Geschichten gibt es ja häufiger mal.«

»Nun ereignete sich Folgendes: Frau Menningbrook und ihr Mann hatten einen Sturmschaden an ihrem Haus und brauchten dringend Geld. Außerdem hat Frau Vancamps wohl ihrem potentiellen Erben nicht über den Weg getraut, denn sie hätte sicherstellen wollen, dass zumindest der Großteil ihres Privatvermögens nicht an ihren Erben geht, sondern zur Verwendung an kulturelle Zwecke gebunden bleibt.«

»Ihr Erbe – ist das zufällig ein gewisser Herr Okko Vancamps, der jetzt Geschäftsführer der Vancamps Reederei ist?«

»Dr. Okko Vancamps – darauf legt Herr Vancamps sehr großen Wert«, sagte Ihno.

»Du bist ihm begegnet?«

»Nur kurz und unangenehm. Im Rahmen meiner Ermittlungstätigkeit. Kurz und gut: Er hat mich des Grundstücks der alten Frau Vancamps verwiesen und mit der Polizei gedroht.«

»Und dass deine alten Kollegen kommen, um dich festzunehmen, wolltest du natürlich nicht riskieren, Ihno.«

»Ja, das wäre etwas blamabel gewesen«, gab Ihno zu. »Kurz und gut: Frau Vancamps wollte ihr Testament neu abfassen. Eine Änderung betraf Frau Menningbrook. Sie sollte ihr Vermächtnis in der neuen Fassung nämlich schon zu Lebzeiten vorab als Schenkung bekommen. Auf diese Weise hätten die Menningbrooks ihren Sturmschaden reparieren können, ohne sich finanziell zu übernehmen, denn auf deren Haus liegt noch eine Hypothek.«

»Verstehe.«

»Frau Vancamps hat einen Notar damit beauftragt, die Neufassung nach ihren Vorgaben zu machen, die ihr zugeschickt und von ihr entweder bestätigt oder nochmal mit Änderungswünschen versehen worden wäre. Laut dem Notar war alles fertig. Nur ist dieser Entwurf bei Frau Vancamps nie angekommen – geschweige denn bestätigt worden. Frau Vancamps hätte dann ja nochmal persönlich beim Notar erscheinen müssen, damit dann alles unterschrieben werden kann.«

»Manchmal gehen Dinge in der Post verloren«, sagte Steen.

»Der Notar hat den Entwurf noch einmal losgeschickt – aber der hat die alte Dame nicht mehr erreicht.«

»Da war sie schon tot.«

»Richtig. Frau Vancamps hatte diverse altersbedingte Krankheiten und ihr Ableben war insofern jetzt kein Grund, eine unnatürliche Todesursache anzunehmen. Laut dem Totenschein war die Todesursache ein Herzstillstand.«

»Gut, aber was hat das jetzt mit dem Postboten zu tun?«

»Frau Menningbrook denkt, dass da was nicht mit rechten Dingen zugegangen ist.«

»Wie meinst du das?«

»Sie glaubt, dass der Brief mit dem Testamentsentwurf abgefangen wurde, damit Frau Vancamps den Inhalt nicht betätigen konnte.«

»Und wen hat sie da in Verdacht?«

»Den Postboten. Ihr ist aufgefallen, dass sie selbst Sendungen mit großer Verzögerung bekam und dass diese Sendungen auf sie den Eindruck machten, vorher geöffnet worden zu sein. Ein Brief ihres Bruders, der ein pensionierter Finanzbeamter in Süddeutschland sei, sei falsch gefaltet gewesen, obwohl normalerweise alle Briefe ihres Bruders auf eine ganz bestimmte, sehr charakteristische Weise gefaltet worden seien.«

»Sie hatte also den Verdacht, dass der Postbote die Sendungen vorher öffnet und durchsieht.«

»Es soll auch mal ein Geldschein gefehlt haben.«

»Gibt es wirklich noch Leute, die Geldscheine verschicken, Ihno?«

»Anscheinend ja.«

»Frau Menningbrook glaubt, dass die alte Frau Vancamps umgebracht wurde, weil die Verwandtschaft mit ihren Testamentsänderungen nicht einverstanden gewesen sei.«

»Und der Postbote war Teil dieses Komplotts?«

»So vermutet sie.«

»Warum ist sie nicht zur Polizei gegangen?«

»Das ist sie.«

»An mich ist das nie weitergeleitet worden«, sagte Steen.

»Die Beamten vor Ort haben Frau Menningbrook gesagt, dass es keine Anhaltspunkte für einen nicht natürlichen Tod gäbe. Der Arzt, der den Totenschein ausgestellt hat, wurde wohl auch nochmal gefragt, aber das schien alles in Ordnung gewesen zu sein. Frau Vancamps war todkrank und hätte jeden Tag sterben können. Und Frau Menningbrook, als ihre Pflegerin, konnte dagegen noch nicht einmal etwas einwenden, denn das wusste sie ja. Außerdem hat man ihr gesagt, man wüsste nicht, warum sie sich beschweren würde, sie hätte ihr Geld doch nun bekommen.«

»Ach ja?«

»Ja, weil ja das alte Testament in Kraft geblieben ist, danach sollte Frau Menningbrook ihr Vermächtnis im Todesfall bekommen. Und der war ja nun eingetreten.«

»Tja …«

Ihno hob die Schultern. »Wie gesagt, sie hat mich beauftragt, der Sache nachzugehen, und ehrlich gesagt hätte ich die Sache am liebsten gar nicht angenommen.«

»Weil du keine Chance gesehen hast?«

»Nein, an der Story von Frau Menningbrook schien nichts dran zu sein. Das Einzige, was mich stutzig gemacht hat, war, dass Herr DOKTOR Okko Vancamps sowohl gegenüber Frau Menningbrook als auch gegenüber mir massiv mit juristischen Schritten gedroht hat. Aber andererseits ist Herr DOKTOR Vancamps dafür bekannt … Das entspricht gewissermaßen seinem normalen Verhaltensmuster.«

Ihno betonte jedes Mal den akademischen Grad des Geschäftsführers der Vancamps-Reederei ganz besonders.

»Tja, und warum hast du den Fall dann überhaupt angenommen?«, fragte Steen.

»Wegen meiner Frau. Die ist mit der Frau Menningbrook zusammen im Kirchenchor, und da im Neuen Ostfriesenblatt so groß über meine Detektei berichtet worden ist, hat Frau Menningbrook meine Frau angesprochen und die wiederum mich.«

»Also sozusagen ein Gefallen unter Bekannten.«

»Kann man so sagen. Stutzig gemacht hat mich jetzt, dass der Postbote umgebracht wurde.«

»Die Geschichte, die du mir erzählst, hat vielleicht mehr mit unserem Fall zu tun, als du wissen kannst, Ihno!«

»Nun erzähl schon. Ich habe dir alles gesagt! Jetzt bist du dran, Steen.«

»Dann sage ich dir jetzt etwas, was wir bisher nicht an die Öffentlichkeit gegeben haben: Markus Oltrogge war ein Postbote der besonderen Art. Er hat in seiner Wohnung kistenweise Post gehortet und tatsächlich systematisch durchsucht.«

»Sieh an …«, murmelte Ihno und nickte leicht.

»Ja, da bin ich auch ins Staunen gekommen.«

»Du sagtest ›systematisch‹.«

»Sagte ich«, nickte Steen. Er nahm sein Handy hervor und zeigte Ihno Purwin ein paar Bilder. »So sah es bei Herrn Oltrogge zu Hause aus. Immer schön ein paar Briefe an der Wäscheleine aufgehängt …«

»Und was heißt hier jetzt systematisch?«, hakte Ihno nochmal nach. »Nach was für einem System systematisch?«

»Wenn wir das wüssten. Du kannst dir das gerne mal ansehen. Sowohl die fotografischen Dokumente als auch die Wohnung selbst.«

»Da sage ich nicht Nein.«

»Aber vermutlich sollten wir beide zuerst mal die Menningbrook befragen. Die hat doch den Stein sozusagen ins Rollen gebracht.«

»Zumindest, was meine Ermittlungen angeht. Wie gesagt: Eigentlich wollte ich den Fall gar nicht annehmen. Aber inzwischen denke ich, es könnte doch mehr dahinterstecken, als ich gedacht habe.«

»So kann man sich manchmal vertun.«

»Wann kommen denn die anderen?«

Steen sah auf die Uhr an seinem Handgelenk. »Müssten gleich da sein.«

»Nicht, dass du den korrekten Johnny noch wegen Unpünktlichkeit beamtenrechtlich rügen musst!«

»Ihno!«

»Was ist?«

»Wir vermissen dich alle. Ganz bestimmt!«

*

Steen hatte jetzt sein Frühstück beendet und begann damit, den Computer auf seinem Schreibtisch hochzufahren.

»Sieh an, der ballistische Bericht aus Oldenburg ist da«, stellte er zufrieden fest und öffnete die Nachricht.

Unterdessen kamen die Kollegen herein.

Zuerst Ulfert Jansen, dann Johnny Volkerts. Altje kam als Letzte und erst ein paar Minuten später. »Ich bin heute Morgen in einen Kuhfladen getreten!«, beschwerte sie sich. »Meine Schuhe und die Uniformhose waren hin. Aber die andere Garnitur ist in der Wäsche und die Ersatzschuhe, da hat sich unser großer Hund einen von gemopst und ordentlich darauf herumgekaut. Laufen kann man darin nicht mehr. Ich hab neue bestellt, aber die kommen erst morgen.« Altjes Gesicht war hochrot. Die Geschichte sprudelte einfach so aus ihr heraus. Selbst die Tatsache, dass Ihno Purwin zu Besuch auf seine alte Dienststelle gekommen war, schien sie zunächst gar nicht bemerkt zu haben – so sehr war sie innerlich von den für sie dramatischen Ereignissen des Morgens gefangen.

Erst jetzt bemerkte Steen, dass Altje heute nicht vollständig korrekt uniformiert war. Johnny Volkerts musterte sie mit einem sehr skeptischen Stirnrunzeln, während sie noch auf ihn und Ulfert einredete.

Altje trug zwar obenherum die entsprechenden Teile ihrer Uniform. Aber anstatt der Uniformhose hatte sie eine farblich ähnliche Jogginghose angezogen. Und statt der Schuhe, die sie normalerweise im Dienst trug, steckten ihre Füße jetzt in einem Paar Turnschuhe, dessen Farbe eigentlich Weiß war.

Allerdings war sie damit wohl durch eine Schlammpfütze gelaufen und sah entsprechend aus.

Als sie Johnnys Blick bemerkte, der einem einzigen wortlosen Tadel gleichkam, schnaufte sie heftig und meinte dann: »Ja, was glotzt du so? Ist doch besser als Gummistiefel, oder?«

»Kommt immer darauf an, wo man hergeht«, bemerkte Johnny Volkerts trocken. »Manchmal sind durchaus Gummistiefel besser.«

»Sehr witzig! Aber du hast ja auch gut reden! Du bist ja auch nicht in die Scheiße getreten! Bei euch zu Haus laufen ja auch keine Kühe herum – aber zu Weihnachten einen Rinderbraten willst du trotzdem essen und Milch soll auch immer frisch im Kühlschrank stehen!« Dann sah sie schließlich Ihno.

»Moin Altje«, sagte der Ex-Kollege freundlich.

»Ja, du siehst, hier hat sich nicht viel verändert, Ihno«, meinte Steen.

Ihno lächelte verhalten. »Ja, das scheint mir allerdings auch so«, sagte er.

Nun meldete sich Steen zu Wort: »So, mal alle herhören! Ich habe Neuigkeiten für euch, was den Fall Markus Oltrogge angeht. Der ballistische Bericht aus Oldenburg ist da und außerdem hat unser ehemaliger Kollege Ihno ein paar interessante Neuigkeiten, die für unseren Fall relevant sind.«

»Sag bloß, der Abgleich des Projektils mit den Datenbeständen hat einen Treffer ergeben«, meinte Ulfert. Er schien das kaum glauben zu können.

»Genauso ist es«, bestätigte Steen.

Ulfert hob die Augenbrauen. »Die Waffe ist wirklich schon mal benutzt worden?«

»Lies es dir selbst durch, wenn du es nicht glaubst, Ulfert: Die Waffe wurde vor etlichen Jahren bei einer Schießerei vor der Bar Elefantine hier in Emden benutzt.«

»Unsere Emder Kleinstadt-Reeperbahn«, lautete Ihnos Kommentar. »Ich erinnere mich gut an den Einsatz damals. Ich gehörte nämlich zu den Beamten, die das Gelände absichern mussten und anschließend das Vergnügen hatten, die Befragungen durchzuführen. Rausgekommen ist dabei gar nichts.«

»Ja, man konnte in der Presse die wildesten Spekulationen über diese Schießerei lesen«, betätigte Steen. »Vom Krieg unter Zuhältern war da die Rede und es wurden Rockervereinigungen aus Bremen und Oldenburg verdächtigt, da ihre Finger im Spiel zu haben. Aber man weiß bis heute nichts Genaues.«

»Weil alle Beteiligten geschwiegen haben«, ergänzte Ihno.

»Ist ja meistens so in diesem Milieu«, meinte Ulfert.

»Und wenn wir da heute nochmal nachfragen, ob da jemand vielleicht seine Waffe von damals nochmal benutzt hat, werden wir wohl kaum auf offene Ohren stoßen«, war Ihno überzeugt.

Steen musste schmunzeln.

Er hat ›wir‹ gesagt, ging es dem Kommissar durch den Kopf. So, als würde er noch dazugehören und wäre nie pensioniert worden.

Wenn es nach Steen gegangen wäre, hätte Ihno auch ruhig einfach weitermachen können.

Pensionsalter hin oder her.

Aber er war nicht derjenige, der so etwas zu entscheiden hatte.

»Es handelt sich um eine automatische Pistole mit einem Schalldämpfer«, erklärte Steen. »Dass ein Schalldämpfer benutzt worden ist, hatten wir ja schon vermutet, weil niemand einen Schuss gemeldet hat. Wobei das ja nichts heißen muss … Nicht jeder, der einen Knall in der Nacht hört, denkt gleich an einen Schuss.« Steen holte tief Luft, bevor er weitersprach. »Bei der Schießerei damals vor der Bar Elefantine ist ebenfalls ein Schalldämpfer benutzt worden. Das geht aus dem Gutachten auch hervor.«

»Schalldämpfer verursachen charakteristische Zusatzriefen am Projektil«, sagte Ulfert. »Insofern dürfte der Befund sehr eindeutig sein.«

»Tja, da scheinen unsere Ermittlungen ja in eine völlig neue Richtung zu gehen«, meinte Johnny Volkerts.

»Und was soll das für eine Richtung sein?«, mischte sich Altje ein. »Warum sollten irgendwelche Halbwelt-Leute einen Postboten umbringen?«

»Ich hatte ja schon angekündigt, dass Ihno noch ein paar interessante Neuigkeiten zu vermelden hat«, ergriff nun wieder Steen das Wort. In knappen Worten erläuterte der Kommissar dann, was Ihno Purwin ihm über den Verdacht von Anke Menningbrook mitgeteilt hatte.

»Scheint so, als müssten wir in nächster Zeit sehr vielen Leuten sehr viele unangenehme Fragen stellen«, lautete Ulferts Kommentar dazu.

»Zum Beispiel Herrn Okko Vancamps«, stellte Johnny Volkerts fest.

»Da seid nur vorsichtig«, warnte Ihno. »Ihr habt da ruckzuck so viele Klagen am Hals, dass ihr euch wundern werdet. Und der Mann hat Einfluss hier in Emden.«

»Ja, aber das heißt ja nicht, dass wir ihn deswegen einfach außen vor lassen können«, meinte Steen.

»Nein«, nickte Ihno. »Und abgesehen davon könnt ihr immer noch eure Dienstausweise zücken und dann kann euch niemand so einfach vom Hof jagen, wenn ihr einen nachvollziehbaren Grund für eure Ermittlungen habt. Ich hingegen …« Ihno zog seinen Privatdetektivausweis aus der Jacke. »… habe seit meiner Pensionierung ja leider nur sowas hier. Im Grunde ein Fantasie-Dokument ohne irgendeine Relevanz. Das hat so viel Bedeutung, als wenn ich mir eine ID-Card als Kaiser von China ausstellen lassen würde.«

In diesem Moment ging eines der Telefone im Büro.

Steen ging an den Apparat.

»Hier Steen, Kriminalpolizei Emden. Wie bitte? Erstmal Moin, würde ich sagen …«

Und danach kam Steen zunächst einmal eine ganze Weile nicht zu Wort. Er sagte nur zweimal kurz »Hm«, bevor er schließlich mit einem lapidaren »Tschüss!« das Gespräch beendete.

»Mord im Stadtteil Conrebbersweg«, meldete der Kommissar anschließend den anderen weiter. »Frauke Kriens ist in ihrem Wagen erschossen worden. Da müssen wir jetzt hin.« Der Kommissar wandte sich nun an Ihno und sagte: »Du kommst mit!«

»Eigentlich …«

»Das hat etwas mit dem Fall zu tun, Ihno. Und es ist ja in gewisser Weise auch dein Fall.«

»Das ist korrekt.«

»Ich erklär dir später, wer Frauke Kriens ist.«

»Sie hätte besser mit uns reden sollen«, meinte Altje dazu. »Aber hinterher ist man immer schlauer.«

»Oder tot«, sagte Steen.

*

Steen fuhr zusammen mit Altje in einem Dienstfahrzeug. Ein zweites Dienstfahrzeug machte sich mit Ulfert Jansen und Johnny Volkerts auf den Weg.

Ihno folgte ihnen mit seinem eigenen Wagen. Schließlich wollte er unabhängig von den ehemaligen Kollegen bleiben.

Und so konnte Steen ihm erst erklären, wer Frauke Kriens war, nachdem sie alle am Tatort im Stadtteil Conrebbersweg angekommen waren.

»Unsere Vermutung war, dass Herr Oltrogge sich als Erpresser betätigt hat und Frau Kriens seine Komplizin war«, erklärte Steen. »Die beiden hatten eine Beziehung. Wie tief und innig, da kann man so seine Zweifel haben. Aber immerhin scheinen sie sich miteinander auf eine gemeinsame Zukunft in einer Cocktailbar in Rio de Janeiro geeinigt zu haben.«

»Naja – die Leute haben halt unterschiedliche Träume, Steen«, meinte Ihno Purwin. »Für mich wäre das jetzt nichts.«

»Für mich auch nicht«, sagte Steen.

»Magst du keine Cocktails?«

»Ich glaube, die Sonne wäre mir zu heiß dort.«

»Ist auch wieder wahr.«

»Gegen das Meer habe ich nichts. Das ist ja hier nicht anders wie dort. Aber so viel Hitze, das wäre nichts für mich.«

»Mit dem Klimawandel kommt die eines Tages auch nach Ostfriesland, Steen. Dann ist es mit der kühlen Brise im Sommer auch hier vorbei.«

»Hauptsache, wir gehen durch den steigenden Meeresspiegel nicht unter, und der Emder Hafen muss nach Osnabrück verlegt werden.«

Ihno Purwin zuckte mit den Schultern. »Im Emsland wohnt ohnehin kaum jemand. Wenn der Dollart bis Osnabrück geht, wäre das nicht das Schlechteste!«

Steen blieb stehen. Johnny Volkerts unterhielt sich derweil mit einer aufgeregten Frau in einem knallgelben Ostfriesennerz, wie man gelbe Regenjacken auch nannte. In der Nähe stand Frauke Kriens' Wagen.

Steen ging dort mit weiten Schritten hin. Ihno folgte ihm zusammen mit Altje.

Unterdessen blieben die Augen der Zeugin, die gerade von Johnny Volkerts vernommen wurde, an Altjes Jogginghose und den Turnschuhen hängen. Die Zeugin vergaß sogar, zwischendurch weiterzusprechen, obwohl sie gerade noch einem vollkommen ungehemmten Redefluss nachgegeben hatte.

»Wat is? Noch nie eine Polizistin gesehen?«, rief Altje in ihre Richtung.

»Vielleicht kommen wir nochmal auf die Einzelheiten bei den Beobachtungen zurück, die Sie gemacht haben«, war daraufhin Johnny Volkerts' Stimme zu hören, der sichtlich bemüht war, die Situation nicht eskalieren zu lassen. »Sie haben also die Tote entdeckt.«

»Ja, genau. Ich komm da so vorbei und denke: Irgendwas stimmt da nicht. Und dann habe ich mal genauer hingesehen und ich dachte erst, mich trifft der Schlag … Ich kenn die Frau.

Die arbeitet im Reisebüro. Wir haben uns mal kurz unterhalten. Aber wirklich nur kurz.«

Steen hörte dem Gespräch zwischen der Zeugin und dem Kollegen Johnny Volkerts nur mit halbem Ohr zu. Stattdessen sah er sich an, was er vorfand.

»Durch die Seitenscheibe erschossen«, stellte Ihno Purwin fest.

»Wieso hat der Täter gewartet, bis sie im Wagen saß?«, fragte Steen.

»Weil sie dann nicht einfach weg konnte«, meinte Ihno Purwin. »Jedenfalls vermute ich das. Er muss auf sie gewartet haben. Und ich wette, dass die ballistische Untersuchung des Projektils erweisen wird, dass es sich um dieselbe Waffe handelt wie bei dem Mörder von diesem Postboten.«

»Eine Theorie war, dass der Postbote ein Serienerpresser gewesen sein könnte«, sagte Steen. »Und Frauke Kriens seine Komplizin. Mal angenommen, das war so …«

»Daran zweifelst du noch, Steen?«, fragte Altje.

»Naja, bis jetzt haben wir keinen Nachweis für irgendeine Erpressung«, gab Steen zu bedenken. »Wie auch immer, wenn Frau Kriens eine Komplizin oder zumindest Mitwisserin war, dann hat sie vielleicht das Erpressungsgeschäft auf eigene Faust zu Ende bringen wollen.«

»Was gründlich danebengegangen zu sein scheint«, äußerte sich Ihno. »Weißt du, ich versuche in meinem Kopf gerade zusammenzubringen, was das alles mit dem Verdacht zu tun haben könnte, den Frau Menningbrook über den Tod der alten Frau Vancamps hat.«

»Ja, das frage ich mich auch. Und die Verbindung zu der Schießerei vor der Bar Elefantine macht es nicht gerade klarer.«

»Steen, wie hast du immer so schön gesagt: Es muss zusammenpassen! Wir sehen es nur noch nicht!«

»So ist es«, nickte der Kommissar.

»Wenn ihr mal ein bisschen Platz machen könntet«, verlangte unterdessen Ulfert. Er trug nicht nur die üblichen Latexhandschuhe, sondern richtige Schutzhandschuhe, denn um den Wagen öffnen zu können, musste er erst einmal das zersplitterte Glas so weit wegbrechen, dass er ins Innere des Wagens greifen konnte. Als dann die Tür offen war, langte er zum Wagenschlüssel, an dem weitere Schlüssel hingen – darunter mutmaßlich auch der für die Wohnung. Er reichte ihn Steen, der sich inzwischen Latexhandschuhe übergezogen hatte.

»Gerichtsmediziner kommt, Leichenwagen auch«, sagte Ulfert. »Ich habe mit den Kollegen in Oldenburg telefoniert.«

»Gut«, sagte Steen. »Dann werde ich mich mal kurz in der Wohnung umsehen.« Er wandte sich an Ihno. »Kommst du mit?«

»Sicher.«

»Und wenn wir hier etwas Luft haben, fahren wir zu deiner Frau Menningbrook.«

»Gerne.«

»Ich möchte wirklich gerne wissen, was hinter all dem steckt.«

»Sag mal, meinst du, wir haben wenigstens eine kleine Chance, eine Exhumierung von Frau Vancamps zu erwirken?«, fragte Ihno Purwin nun.

»Das hängt davon ab«, gab Steen zurück. »Ohne irgendwelche Indizien, die tatsächlich dafür sprechen, dass sie doch nicht eines natürlichen Todes gestorben ist, sehe ich allerdings schwarz!«

*

Kommissar Steen und Ihno Purwin betraten die Wohnung von Frauke Kriens. Zuvor gab Steen seinem ehemaligen Kollegen noch ein paar Latexhandschuhe. »Hier – damit du keine Spuren verursachst und wir nicht hinterher nach dir fahnden müssen, weil wir denken, dass bei Frau Kriens auch noch eingebrochen wurde.«

»Danke, Steen.«

»Bitte.«

»Aber ich habe vorgesorgt!«

Ihno nahm ein eigenes Paar Latexhandschuhe aus der Tasche.

Steen lächelte verhalten. »Alte Gewohnheit, was?«

»Schadet doch nie, wenn man so etwas dabeihat.«

»Du weißt aber schon, dass du als Privatdetektiv nicht einfach irgendwo Durchsuchungen durchführen darfst, oder?«

»Du kennst mich.«

»Ja.«

»Ich war immer korrekt.«

»Das stimmt.«

»Und solange ich nicht dement werde und die ganzen Gesetze und Vorschriften einfach vergesse, wird das auch so bleiben.«

»Na, da bin ich ja beruhigt.«

»Abgesehen davon sind solche Handschuhe auch für andere Dinge hilfreich.«

»So?«

»Zum Beispiel, wenn man in die Verlegenheit kommt und Erste Hilfe leisten muss.«

»Stimmt natürlich auch wieder.«

Sie sahen sich in der Wohnung um. »Ein bisschen kenne ich mich ja aus«, sagte Steen. »Schließlich war ich ja vor kurzem zusammen mit Altje noch hier, um Frau Kriens zu vernehmen.«

»Und? Hat sich irgendwas verändert?«, fragte Ihno, während er einen Blick auf die Brasilien-Prospekte auf dem Wohnzimmertisch warf.

»Nein, nicht, dass ich es erkennen könnte«, sagte Steen.

»Also definitiv kein Einbruch.«

»Ulfert wird das sicher nochmal genauer untersuchen, aber auf den ersten Blick konnte ich auch an der Tür nichts erkennen, was darauf hindeutet«, sagte Steen. »Und abgesehen davon, hätte der Täter dann einfach den Schlüssel abziehen und die Wohnung betreten können.«

»Ihr geht von einer Erpressung aus. Dazu würde es natürlich gut passen, wenn der Täter anschließend noch die Wohnung durchsucht hätte.«

»Um hypothetisches belastendes Beweismaterial für was auch immer verschwinden zu lassen!«

»Genau.«

»Nicht immer gibt es irgendwelche physischen Beweise«, sagte Steen. »Manchmal genügt einfach auch das, was hier oben ist!« Dabei zeigte er mit dem Finger auf seine Stirn. »Wenn du etwas gesehen hast, von einer Sache weißt … Allein das kann für manchen schon gefährlich genug sein.«

»Vielleicht wusste der Postbote etwas drüber, wer Frau Vancamps umgebracht hat, beziehungsweise dass sie überhaupt umgebracht wurde. Er hat dieses Wissen mit Frau Kriens geteilt und die beiden haben sich gedacht, auf diese Weise den Traum von der Bar in Rio finanzieren zu können …«

»… und die Rechnung ohne ihr Erpressungsopfer gemacht«, vollendete Steen Ihnos Satz.

»Ja, so könnte man es ausdrücken.«

»Die Frage ist nur, ob sich irgendetwas davon beweisen lässt«, sagte Steen. »Wir haben die Postsendungen, die Herr Oltrogge einbehalten hat. Wir haben ein Handy und jetzt auch das von Frau Kriens. Möglicherweise finden sich da nähere Anhaltspunkte.«

Ihno atmete tief durch. »Ist natürlich schwierig, etwas zu finden, wenn man nicht so genau weiß, wonach man eigentlich sucht.«

»Genau das ist das Problem.«

Steen fand beim Festnetzanschluss des Telefons ein ganz altmodisches Telefonregister mit zahlreichen Adressen, die fein säuberlich eingetragen waren. Selbstverständlich samt der dazugehörigen Telefonnummern. Manchmal waren es sogar mehrere Nummern jeweils für Festnetz und Handy.

»Sowas lobe ich mir«, sagte Steen. Er nahm an, dass es sich bei manchen der Namen um Familienangehörige handelte, da sie denselben Nachnamen trugen. Vielleicht Geschwister oder Eltern. Das war jeweils aus der Liste nicht erkennbar.

Steen fotografierte sich diese Liste mit dem Handy ab. Man konnte ja nie wissen, ob man sie im Verlauf der Ermittlungen nicht mal schnell zur Verfügung haben musste.

Ihno fand unterdessen einen kleinen Ordner mit Kontoauszügen. »Schön, dass es noch Leute gibt, die altmodische Kontoauszüge abheften, anstatt Online-Banking zu machen«, sagte er dazu. »Sonst müssten wir erst mühsam irgendwelche Passwörter herausfinden.«

»Wir könnten auch einfach die Bank fragen«, gab Steen zurück.

»20.000 Euro hatte Frau Kriens auf dem Konto«, stellte Ihno fest.

Steen runzelte die Stirn. »Das ist zwar ganz beachtlich, aber wenn man eine Bar in Rio betreiben will, dann reicht das nicht. Wenn das alles ist und sie nicht noch woanders etwas gebunkert hat.«

»Habt ihr die finanziellen Verhältnisse von Herrn Oltrogge schon überprüft?«

Steen nickte. »Der hat eine halbe Million auf dem Konto.«

»Dann wäre die Bar in Rio wohl in erster Linie von ihm finanziert worden.«

»So kann man das sagen.«

»Und es liegt auch der Schluss nahe, dass Herr Oltrogge von dem Erpressten schon mal bezahlt wurde.«

»Die Herkunft des Geldes konnten wir noch nicht im Einzelnen ermitteln, Ihno.«

»Gut, das wäre dann also nur eine Mutmaßung meinerseits.«

Kapitel 13

Es war bereits später Nachmittag, als Steen mit Ihno nach Moordorf fuhr. Die Arbeiten am Tatort und in der Wohnung hatten sich hingezogen. Und es waren mehrere Nachbarn vernommen worden, um etwas mehr über Frau Kriens zu erfahren. Allerdings war dabei kaum etwas Substanzielles herausgekommen. Selbst die neugierige alte Frau am Fenster hatte kaum mehr als Mutmaßungen beizutragen. Sie beobachtete zwar den lieben langen Tag alles und jeden, aber es stellte sich heraus, dass sie über Frauke Kriens eigentlich kaum etwas wusste. Nur dass Markus Oltrogge des Öfteren mit seinem Postwagen vorbeigekommen war und sie besucht hatte, das konnte sie bezeugen.

Auf der Fahrt nach Moordorf fuhr Ihno mit seinem Wagen vorneweg – Steen folgte ihm. Schließlich erreichten sie das verklinkerte Haus der Menningbrooks. Roter Klinker, graue Fugen, so waren hier alle Häuser. Die hiesige Bauordnung schrieb das so vor. Vor ein paar Jahren hatte sich die Gemeinde zu einer Lockerung der strengen Vorschriften entschlossen. Diese Lockerung besagte, dass von nun an nicht nur graue, sondern auch weiße Fugen erlaubt waren. Ein Gemeindevertreter hatte sich daraufhin allerdings genötigt gesehen, im Neuen Ostfriesenblatt klarzustellen, dass in dieser neuen Regelung keinesfalls eine Art Freibrief für architektonischen Firlefanz zu sehen sei. Moordorf würde seinen typischen Charakter nicht verlieren.

Die Menningbrooks hatten offensichtlich von dieser neuen Freiheit bereits profitiert. Die Fugen ihrer Verklinkerung waren weiß.

Ihno parkte am Straßenrand. Steen setzte sein Dienstfahrzeug dahinter. Sie stiegen beide annähernd gleichzeitig aus.

»Da wären wir«, sagte Ihno Purwin.

Steen ließ den Blick schweifen. Ein Bungalow mit Rasen und Garten. Auf dem Rasen gab es ein paar Spielgeräte.

Ihno schien Steens Frage zu erahnen.

»Die Menningbrooks sind beide schon in Rente«, erklärte er. »Die Spielgeräte sind für die Enkelkinder, die ab und zu zu Besuch kommen.«

»Verstehe«, sagte Steen.

»Die alte Frau Vancamps wohnt in die Richtung um die Ecke. Ein Katzensprung. Und da Frau Menningbrook ja schon in Rente und deswegen meistens zu Hause war, konnte sie immer schnell mal rüberkommen, wenn irgendwas bei der alten Dame zu tun war.«

»Ein schönes Haus …«

»Steckt viel Eigenleistung drin.«

»Das ist ja häufig so.«

»Herr Menningbrook war früher beim Werkschutz von VW – aber große Sprünge kann man da natürlich nicht machen.«

»Aber zusammen mit dem Krankenschwestergehalt von Frau Menningbrook …«

»Ja, aber sie hat nicht durchgehend gearbeitet. Wegen der Kinder. Jedenfalls haben sie sehr vieles selbst gemacht, und das ganze Hausbau-Unternehmen war wohl auf Kante genäht, wie man so sagt.«

»Herr Menningbrook war also beim Werkschutz, hast du gesagt.«

»Richtig.«

»Dann kennt er sich doch mit dem Gebrauch von Kurzwaffen aus – oder irre ich mich.«

»Nein, da irrst du dich nicht. Aber was willst du damit jetzt sagen, Steen?«

»Ich denke einfach nur laut nach, Ihno.«

»Du denkst doch nicht, dass Herr Menningbrook etwas mit dem Tod des Postboten und von Frau Kriens zu tun hat?«

»Ihno, ich habe keine Ahnung, wie das alles zusammenhängt. Tatsache ist, wir suchen jemanden, der schießen kann und in irgendeinem Zusammenhang zu den Opfern steht. Genauer gesagt: Jemand, dem Herrn Oltrogge die Post gebracht hat – oder auch nicht, wie wir ja jetzt wissen.«

»Das glaube ich nicht!«

»Weißt du was, ich höre mir jetzt erstmal an, was uns die Menningbrooks so über Frau Vancamps erzählen.«

»Dann man tau!«, meinte Ihno.

*

Sie gingen zur Haustür. Steen klingelte. Wenig später machte ein hochgewachsener Mann die Tür auf. Er überragte Steen um fast einen Kopf.

»Moin«, sagte er.

»Moin«, gab Ihno Purwin zurück. »Herr Menningbrook, ich …«

»Sie waren der Detektiv, den meine Frau engagiert hat, richtig?«

»Genau.«

Herr Menningbrook wandte sich Steen zu und musterte ihn von oben bis unten. »Und Sie?«

»Moin erstmal. Ich bin Kommissar Steen von der Kripo Emden. Ich hätte ein paar Fragen an Sie und Ihre Frau.«

»Hm …«, knurrte Herr Menningbrook und zog dabei die ziemlich buschigen Augenbrauen so zusammen, dass sich über seinen Augen eine schlangenförmige, dunkelgraue Linie ergab.

»Ihre Frau hatte ja vergeblich versucht, die Polizei von ihrem Verdacht zu überzeugen, dass Frau Vancamps nicht eines natürlichen Todes gestorben ist, sondern ermordet wurde«, erklärte Ihno. »Jetzt hat sich der glückliche Umstand ergeben, dass sich die Kripo Emden nochmal näher mit der Sache beschäftigen möchte.«

»So, so …«, sagte Herr Menningbrook.

Ein Statement, das auf Steen irgendwie nicht wie ein Beispiel für die zwar etwas spröde, aber trotzdem herzliche Gastfreundschaft der Ostfriesen wirkte. Der will uns am liebsten gleich wieder loswerden, dachte Steen. Er hatte ein ziemlich sicheres Gespür für so etwas.

»Können wir einen Moment hereinkommen?«, fragte Ihno.

»Dann kommen Sie mal mit«, sagte Herr Menningbrook, obwohl Steen zu spüren glaubte, dass er lieber das Gegenteil geäußert hätte. Herr Menningbrook drehte sich um, rief den Namen seiner Frau und führte Steen und Ihno dann ins Wohnzimmer. Ein Wohnzimmer, das zwar ziemlich groß war, aber durch die Vielzahl von recht klobigen, schweren Möbeln viel kleiner wirkte. Eine Terrassentür führte in den Garten. Die Gardinen waren schwer und erinnerten beinahe an Theatervorhänge.

»Bitte!«, sagte Herr Menningbrook und deutete auf die Sessel, bevor er noch einmal den Namen seiner Frau rief.

Steen setzte sich. Ihno wartete noch einen Moment und setzte sich dann ebenfalls.

Schließlich erschien Frau Menningbrook. »Ach, Herr Purwin, schön, Sie zu sehen«, sagte sie.

»Ich habe Kommissar Steen davon überzeugen können, Ihrem Verdacht in Bezug auf die mutmaßliche Ermordung von Frau Vancamps nachzugehen.«

»Möchten Sie eine Tasse Tee, Herr Purwin?«

»Nein, danke. Im Moment nicht.«

»Und Sie, Herr … Steen. Das war doch richtig, oder?«

»Ich möchte im Moment auch nichts trinken«, sagte Steen. »Aber ich hätte ein paar Fragen an Sie.«

Frau Menningbrook sah kurz zu ihrem Mann hinüber, dann setzte sie sich zu ihm auf die Couch. Steen musterte sie. Aber Frau Menningbrook wich seinem Blick aus. Sie wandte sich schließlich an Ihno. »Herr Purwin, es ist nett, dass Sie der Sache noch weiter nachgegangen sind und sich so darum bemüht haben.«

»Dazu haben Sie mich beauftragt.«

»Ja, ich weiß, aber …«

»Aber was?«

»Die Sache hat sich erledigt, Herr Purwin. So könnte man es sagen.«

»Aber Frau Menningbrook, Sie haben mir gesagt, dass Sie den Verdacht hätten, dass Frau Vancamps ermordet wurde! Sie haben mir von dem Testamentsentwurf erzählt, der einfach nicht zurückkam und dann auch nie mehr von Frau Vancamps abgesegnet werden konnte.«

»Herr Purwin, ich habe mich vielleicht da in etwas hineingesteigert.«

»Frau Menningbrook, wir haben uns ausführlich immer wieder unterhalten. Sie haben mir ausführlich auseinandergesetzt, dass das nicht mit rechten Dingen zugegangen ist!«

»Und Sie haben mir das auszureden versucht.«

»Nein, ich habe nur darauf hingewiesen, dass die Anhaltspunkte noch nicht konkret genug sind, um darauf Ermittlungen stützen zu können.«

»Geben Sie es zu, Sie haben den Fall nur übernommen, weil ich Ihre Frau kenne. Und soll ich Ihnen was sagen: Sie hatten mit Ihrer Skepsis recht. Für den Verdacht, den ich Ihnen gegenüber geäußert habe, gibt es nicht den geringsten Beleg!«

»Frau Menningbrook, inzwischen wissen wir mehr. Ihre Vermutung, dass der Postbote, dieser Herr Oltrogge, in der Sache drinhängt, hat sich bestätigt.« Ihno wandte sich an Steen. »Vielleicht sagst du jetzt mal was, Steen. Sonst kommen wir hier nicht weiter.«

»Tja …«, murmelte Steen, der mindestens genauso verblüfft über die Aussagen von Frau Menningbrook war wie Ihno. Nein, so war das mit Sicherheit nicht geplant gewesen. Irgendetwas musste hier schiefgelaufen sein.

»Also meine Frau hat sich ja nun geäußert«, mischte sich Herr Menningbrook ein. »Sie hat ja nun gesagt, dass sie sich geirrt hat. Mehr ist dem auch nicht hinzuzufügen.«

»Sie bekommen natürlich Ihren Aufwand entschädigt, Herr Purwin«, ergänzte Frau Menningbrook.

»Darauf kommt es mir jetzt gar nicht an«, erwiderte Ihno – immer noch sichtlich irritiert. Was mochte die Menningbrooks dermaßen umgestimmt haben?

Irgendetwas, von dem Steen und Ihno bisher keine Ahnung hatten, musste vorgefallen sein und die Meinung insbesondere von Frau Menningbrook um hundertachtzig Grad gedreht haben.

»Mir kommt es aber darauf an«, erklärte Frau Menningbrook nun in einem sehr ernsten Tonfall. Sie verschränkte dabei die Arme vor der Brust.

Es fiel Steen auf, dass Frau Menningbrook nach wie vor tunlichst jeden Blickkontakt zu Ihno Purwin oder dem Kommissar zu vermeiden versuchte.

»Sie bekommen Ihr volles Honorar«, sagte nun Herr Menningbrook.

»Mein Mann und ich haben uns darüber unterhalten und finden beide, dass das fair ist, nicht wahr?«, fügte Frau Menningbrook hinzu und wechselte daraufhin einen kurzen Blick mit ihrem Mann. »Wir haben ja das Geld aus dem Vermächtnis von Frau Vancamps letztlich bekommen, insofern wollen wir uns auch nicht beklagen. Sicher, es gab da zu einigen Irritationen Anlass, aber die waren wohl eher auf meiner Seite. Das tut mir im Nachhinein leid.«

»Frau Menningbrook, hat man Sie in irgendeiner Weise unter Druck gesetzt, Ihre Meinung zu der Angelegenheit zu ändern?«, hakte Ihno nach, dem das verständlicherweise keine Ruhe ließ und der auch keineswegs die Absicht zu haben schien, das einfach so auf sich beruhen zu lassen.

»Wir sind nicht unter Druck gesetzt worden«, erklärte Herr Menningbrook auf eine Weise, die deutlich machte, dass er das Gespräch gerne beendet hätte. »Wir sind nur zu der Erkenntnis gekommen, dass meine Frau sich wahrscheinlich einfach zu sehr in die Sache hineingesteigert hat.«

»Wir waren ja schließlich auch bei der Polizei und die haben uns das ja letztlich auch gesagt«, stellte seine Frau dann noch einmal klar. »Ich war damals etwas aufgebracht und auch deswegen habe ich Sie beauftragt, Herr Purwin, denn Frau Vancamps stand mir persönlich sehr nahe.«

»Das haben Sie mir ausführlich auseinandergesetzt«, sagte Ihno. »Und darum verstehe ich auch ehrlich gesagt nicht, weshalb Sie Ihre Meinung jetzt so plötzlich ändern. Ich an Ihrer Stelle würde weiterhin wissen wollen, was wirklich mit Frau Vancamps geschehen ist – unabhängig von der Erbschaft.«

»Wie schon erwähnt. Das Vermächtnis ist uns ja ausgezahlt worden. Und was immer wir auch herausfinden könnten, es würde am Tod von Frau Vancamps nichts ändern«, erklärte Frau Menningbrook. »So traurig das auch sein mag. Wissen Sie, ich bin Krankenschwester und habe in verschiedenen Kliniken in der Umgebung gearbeitet. Darunter auch ein paar Jahre auf der Intensivstation. Es gehört dazu, dass man akzeptiert, dass das Leben endlich ist, auch wenn man das oft nicht wahrhaben will. Ich hätte von meiner fachlichen Qualifikation her eigentlich wissen müssen, dass bei Frau Vancamps der Tod jeden Tag hätte eintreten können. Sie hatte diverse Krankheiten und Gebrechen, von denen gleich mehrere potenziell tödlich waren.«

»Wie das eben so ist, wenn man alt ist«, ergänzte ihr Mann.

Ihno schien ziemlich ratlos zu sein.

Er wandte sich an den Kommissar.

»Steen, nun sag du doch mal was.«

»Hm …«, murmelte der.

Der Kommissar hatte sich bisher zurückgehalten. Anstatt zu reden, hatte er beobachtet. Allerdings wusste er noch nicht so recht, wie er die Situation nun einschätzen sollte. Er wandte sich an das Ehepaar Menningbrook, dessen vier Augen im Moment wie starr auf den Kommissar gerichtet waren. Fast so, als würden sie angespannt darauf warten, ob da doch noch irgendeine unangenehme Nachfrage kam oder ob man sich nun trennen und die ganze Sache zu den Akten legen könnte. Das schien den beiden nämlich aus irgendeinem Grund plötzlich am liebsten zu sein – warum auch immer.

»Herr Oltrogge, der Postbote, der hier in der Gegend die Post ausgetragen hat, ist ermordet worden«, sagte Steen. »Davon werden Sie sicher gehört haben.«

»Haben wir«, sagte Herr Menningbrook trocken.

»Wir haben inzwischen herausgefunden, dass Herr Oltrogge kistenweise Post gehortet und systematisch geöffnet hat. Der Verdacht, den Sie, Frau Menningbrook, gegenüber Herrn Purwin geäußert haben, traf zu. Mit diesem Postboten war etwas nicht in Ordnung. Viele Sendungen dürften die Empfänger erst mit tagelanger Verspätung oder gar nicht erreicht haben.«

»Das haben Sie mir doch gesagt!«, bekräftigte Ihno Purwin noch einmal. »Frau Menningbrook, das war doch einer der Ausgangspunkte Ihres Verdachts!«

Frau Menningbrook schwieg dazu und wich Ihnos Blick aus.

Dazu wollte sie sich jetzt nicht nochmal äußern, das war klar.

Steen fuhr unterdessen fort: »Wir wissen natürlich bis jetzt noch nicht im Einzelnen, welche Art von Postsendungen Herr Oltrogge herausgefischt hat – und wir können nur mutmaßen, aus welchem Grund das geschah. Ob sich beispielsweise der Entwurf für Änderungen an Frau Vancamps' Testament darunter befunden hat, ist uns nicht bekannt. Vielleicht werden wir das auch nie herausfinden können, weil die entsprechenden Sendungen entweder vernichtet oder an Dritte übergeben wurden. Wir stehen da noch ganz am Anfang der Ermittlungen.«

»Es ist natürlich … schockierend zu erfahren, dass ein Postbote dermaßen das Vertrauen missbraucht, das alle in ihn gesetzt haben«, sagte Frau Menningbrook. »Aber andererseits liest man ja immer wieder mal davon, dass so etwas geschieht.«

»Eine Theorie wäre, dass Herr Oltrogge ein Erpresser war und irgendwie aus den Informationen, an die er durch die geöffneten Postsendungen gelangte, Geld zu machen versuchte. Wir wissen, dass er verhältnismäßig viel Geld auf dem Konto hatte. Wir wissen auch, dass er zusammen mit einer Freundin eine Cocktailbar in Rio eröffnen und auswandern wollte.«

»Das ist alles sehr interessant«, sagte Frau Menningbrook. »Aber ich glaube nicht, dass das etwas mit uns zu tun hat.«

»Diese Freundin ist inzwischen auch tot. Wir vermuten, dass sie umgebracht wurde, weil sie das angefangene Erpressergeschäft auf eigene Rechnung durchziehen wollte.«

Als Steen das sagte, wurde Frau Menningbrook ganz blass. Ihre Lippen pressten sich aufeinander und bildeten nun einen geraden Strich. Aber ihr fester Wille zu schweigen schien trotz Steens Ausführungen ungebrochen zu sein.

»Gut, ich hätte noch eine abschließende Frage«, sagte Steen schließlich. »Herr Menningbrook, diese Frage geht an Sie.«

»An mich?«

»Sie haben beim Werkschutz gearbeitet.«

»Ja.«

»Und Sie haben eine Waffe getragen.«

»Natürlich.«

»Sie kennen sich mit deren Handhabung aus.«

»Sicher, sonst hätte ich da nicht arbeiten können.«

»Besitzen Sie noch eine Waffe?«

Herr Menningbrook blickte jetzt auf. Seine Augenbrauen zogen sich zusammen. Sein Gesicht nahm einen empörten, aufgebrachten Ausdruck an. »Sagen Sie bloß, Sie verdächtigen jetzt mich!«

»Ich habe Ihnen eine Frage gestellt, Herr Menningbrook«, korrigierte Steen. »Und auf die hätte ich gerne eine Antwort.«

»Nein, ich habe keine Waffe mehr. Ich habe auch nie eine Waffe besessen. Also – so richtig im Privatbesitz, meine ich. Die Schusswaffen wurden uns während der Arbeitszeit zur Verfügung gestellt, wir wurden daran ausgebildet und das ist alles seinen offiziellen Gang gegangen. Aber ich selbst habe nie eine Waffe besessen und auch nicht etwa eine der Pistolen beim Eintritt in die Rente einfach mitgehen lassen oder so.«

»Gut. Das war eigentlich meine letzte Frage«, erklärte Steen.

»Wollen Sie hier eine Hausdurchsuchung durchführen lassen?«

»Nein, ich vertraue zunächst einmal dem, was Sie mir sagen«, entgegnete Steen. »Sollten sich natürlich während der weiteren Ermittlungen noch Hinweise ergeben, die daran Zweifel ließen, müssten wir das genauer überprüfen. Aber im Moment ist das nicht geplant.«

»Wenn Sie das nächste Mal kommen, um uns zu befragen, werden wir wohl besser dafür sorgen, dass ein Anwalt dabei ist«, meinte Herr Menningbrook dann.

*

»Steen, ich verstehe das nicht!«, machte Ihno Purwin seiner Enttäuschung Luft, als sie wieder draußen waren und ihre Fahrzeuge erreicht hatten. Der ehemalige Kollege ruderte fassungslos mit den Armen. »Wie kann das sein! Ich habe mich wirklich sehr ausführlich mit Frau Menningbrook unterhalten und jetzt will sie plötzlich nichts mehr von alledem, was sie mir erzählt hat, wissen.«

»Dafür muss es einen Grund geben«, sagte Steen nüchtern.

»Du hättest ihnen vielleicht ein bisschen zusetzen können! Mit deiner polizeilichen Autorität, die ich ja leider nicht mehr habe. Ich meine, man kann doch nicht einfach schwerwiegende Anschuldigungen erheben und dann, wenn sich die Polizei darum kümmern will, plötzlich so tun, als hätte man nichts gesagt! Unmöglich sowas!«

»Tja, für so ein Verhalten gäbe es natürlich ein paar mögliche Erklärungen.«

»Sie sind unter Druck gesetzt worden!«

»Fragt sich nur, von wem.«

»Durchdenken wir das Ganze doch mal systematisch«, sagte Steen.

»Dafür habe ich immer ein offenes Ohr, Steen. Aber was glaubst du, wie oft ich mir schon Gedanken darüber gemacht habe, wie das alles zusammenhängen könnte!«

»Nur, dass dabei bislang ja noch nicht allzu viel herausgekommen ist, wie du selbst zugegeben hast«, gab Steen zurück.

»So kann man das nicht sagen«, widersprach Ihno. »Es ist nichts zu beweisen, das stimmt. Aber es gäbe – vor allem nach den neuen Erkenntnissen über den Postboten – durchaus ein paar plausible Ansatzpunkte.«

»Also gehen wir davon aus, dass Markus Oltrogge ein Erpresser war und seine Freundin Frauke Kriens in seine Machenschaften eingeweiht hat«, sagte Steen. »Er durchforstet also regelmäßig die Post, stößt auf den Entwurf zur Testamentsänderung von Frau Vancamps. Dann wendet er sich an jemanden, der davon profitieren würde, davon zu erfahren …«

»Okko Vancamps, den Geschäftsführer und Erben!«

»Richtig. Der hat nun die Gelegenheit, Frau Vancamps aus dem Weg zu räumen, ehe sie das Testament doch ändern kann.«

»So könnte es gewesen sein, Steen.«

»Danach stirbt Frau Vancamps unter mysteriösen Umständen. Und Markus Oltrogge zieht daraus den einzig logischen Schluss: Okko Vancamps muss hinter diesem Todesfall stecken. Damit kann er ihn jetzt erpressen.«

»So weit, so bösartig.«

»Das lässt sich Okko nicht bieten und bringt Oltrogge um. Seine Freundin will die Sache auf eigene Rechnung durchführen, gerät aber an den Falschen.«

»Perfekt.«

»Bis auf zwei Kleinigkeiten, Ihno.«

»Welche?«

»Die eine Kleinigkeit ist, dass wir nichts beweisen können. Wir haben gegen Okko Vancamps nichts in der Hand – und jetzt, nachdem Frau Menningbrook uns von der Fahne gegangen ist, stehen wir vollkommen nackt da. Also – im übertragenen Sinn natürlich.«

»Ich nehme an, dass man auch nicht so ohne Weiteres eine Exhumierung von Frau Vancamps veranlassen kann.«

»Okko Vancamps wird sich mit Händen und Füßen dagegen wehren«, sagte Steen. »Vermutlich mit einer Handvoll Rechtsanwälte. Und ich nehme an, dass er auf diese Weise auch die Menningbrooks kleingekriegt hat. Wenn man denen sagt, dass sie das Geld, das sie so dringend für den Sturmschaden an ihrem Dach brauchen, vielleicht doch noch verlieren oder dass man sie mit einem Prozess nach dem anderen überzieht, sodass am Ende nichts mehr von dem Vermächtnis der alten Dame übrig bleibt, dann kann ich mir schon vorstellen, dass die beiden Menningbrooks dadurch eingeschüchtert wurden.«

»Aber letztlich können wir auch das nicht beweisen, Ihno.«

»Leider.«

»Aber noch etwas anderes stört mich an der Geschichte«, sagte Steen.

»Und was?«

»Ich kann mir nicht vorstellen, dass der Mord an Frau Vancamps ohne Mithilfe des Arztes passieren konnte, der den Totenschein ausgestellt hat.«

»Dann sollten wir den als Nächstes aufsuchen. Ich habe die Adresse. Allerdings fürchte ich, dass er etwas genervt reagieren wird. Schließlich habe ich auch schon versucht, ihn darauf anzusprechen.«

»Wie hat er reagiert?«

»Mit einem Hinweis auf die Schweigepflicht.«

»Das hätte ich mir ja denken können.«

»Er wohnt nicht weit von hier. Ich fahre voraus, Steen.«

Der Kommissar nickte. »In Ordnung.«

Kapitel 14

Wenig später hatten Kommissar Steen und Ihno Purwin die Praxis des Arztes erreicht. Er hieß Dr. Manno Werder und die Praxis hatte einen schön großen Parkplatz. Allerdings war der bis auf einen Kleinwagen vollkommen leer. Steen stellte seinen Wagen daneben. Ihno Purwin war bereits ausgestiegen. Steen eilte hinter ihm her. Sie gingen auf den Eingang zu. Ein Schild erwartete sie.

»Urlaub bis zum Einunddreißigsten«, las Steen. »Anscheinend will Dr. Werder zurzeit mit niemandem reden«, stellte Steen fest.

»Fragen wir mal, wo er ist«, sagte Ihno. Er deutete auf ein anderes Schild. »Rezeptabholung ist ja offenbar möglich.«

»Das bedeutet, es ist eine Sprechstundenhilfe da.«

»Exakt.«

Steen klingelte.

»Ja bitte, hier Praxis Dr. Werder«, meldete sich eine Frauenstimme über die Sprechanlage.

»Steen, Kripo Emden«, sagte der Kommissar.

»Ja, was ist denn Ihr Anliegen? Dr. Werder ist im Urlaub.«

»Können Sie mal bitte öffnen, damit wir uns unterhalten können?«, fragte Steen.

Die Tür wurde geöffnet. Steen und Ihno traten ein. Eine etwas angespannt wirkende Frau mittleren Alters stand hinter dem Tresen für die Anmeldung. Steen hielt ihr seinen Ausweis entgegen. »Steen, Kripo Emden«, wiederholte er, denn er wollte wirklich restlos sichergehen, dass die Frau wusste, mit wem sie es zu tun hatte. »Wer sind Sie?«

»Elke Düpree. Ich bin hier Sprechstundenhilfe.«

»Wir müssen dringend mit Herrn Dr. Werder sprechen.«

»Worum geht es denn?«

»Das müssen wir ihm schon direkt sagen.«

»Herr Dr. Werder ist im Urlaub. Ich kann Ihnen leider im Moment nicht weiterhelfen.«

»Wohin ist er denn in Urlaub? Sie werden doch sicher eine Adresse haben.«

»Er hat nur gesagt, dass er ein paar Tage weg ist«, sagte Frau Düpree. »Herr Dr. Werder ist volljährig. Es ist nur meine Aufgabe, hier den Praxisbetrieb im Hinblick auf die Rezeptabholung aufrechtzuerhalten, aber der Herr Doktor sähe es sicherlich nicht gerne, wenn ich ihn überwachen würde. Ich kann Ihnen allerdings eine Handynummer geben.«

»Gut, dann tun Sie das«, sagte Steen.

Sie schrieb die Nummer auf einen Zettel und reichte ihn Steen. »Soll ich Herrn Dr. Werder sagen, dass Sie hier waren, wenn er sich von sich aus in der Praxis melden sollte?«

»Ja, tun Sie das. Er soll mich sofort zurückrufen.« Steen legte ihr seine Visitenkarte hin. »Ist Dr. Werder mit seiner Familie verreist?«

»Der Doktor hat keine Kinder und ist zum zweiten Mal geschieden«, sagte Frau Düpree. »Kann ich sonst noch was für Sie tun?«

Steen wählte die Nummer, die Frau Düpree ihm gegeben hatte. Aber da meldete sich nur eine Mailbox. »Hier Steen, Kripo Emden. Moin erstmal. Herr Dr. Werder, bitte rufen Sie mich umgehend und sehr dringend unter folgender Nummer zurück …«

Unterdessen unterzog Elke Düpree Ihno Purwin einer eingehenden Musterung. »Sie waren doch schon mal hier.«

»Allerdings.«

«Ich vergesse kein Gesicht.«

»Ich auch nicht.«

»Es ging um den Tod der alten Frau Vancamps, nicht wahr?«

»Dr. Werder hat in dem Fall den Totenschein ausgestellt.«

»Sie waren ziemlich aufdringlich und anmaßend«, sagte Frau Düpree im Tonfall einer strengen Gouvernante. »Man könnte fast sagen übergriffig.«

»Ich habe nur Fragen gestellt.«

»Sie haben Verdächtigungen herumerzählt und anscheinend haben Sie mit Ihren wirren Geschichten sogar schon die Kripo Emden wild gemacht.«

»Wir gehen einem begründeten Verdacht nach«, stellte Steen daraufhin unmissverständlich klar. »Davon abgesehen hätte ich gerne die Krankenunterlagen von Frau Vancamps. Die müssten eigentlich noch hier in der Praxis sein.«

»Es gibt so etwas wie die Schweigepflicht, meine Herren. Vom Datenschutz will ich jetzt gar nicht erst reden!«

»Dann tun Sie es auch nicht. Wir ermitteln in einem Mordfall. Und es wäre freundlich, wenn Sie unsere Ermittlungen unterstützen würden.«

»Wir?«, echote Elke Düpree stirnrunzelnd. »Dann ist der da auch von Ihnen?« Während sie das sagte, zeigte sie auf Ihno Purwin. »Ich dachte, das ist nur der Wirrkopf, dessen Verdächtigungen Sie nachgehen.«

»Ich meine mit ›wir‹ meine Kollegen und mich. Ganz alleine bin ich nämlich zum Glück nicht auf der Dienststelle«, sagte Steen. Ja, mit Ihno Purwin zusammen zu ermitteln, kam ihm tatsächlich fast so vor wie früher. Lange Jahre war Ihno ja schließlich auch Teil des Teams gewesen.

»Ich würde Ihnen solche Unterlagen nur dann herausgeben, wenn Sie einen Gerichtsbeschluss dazu vorlegen könnten«, sagte Frau Düpree. »Allerdings würde Ihnen der im Moment auch nichts nützen.«

Steen hob die Augenbrauen. »Warum nicht?«

»Weil die Unterlagen von Frau Vancamps durch einen Angehörigen abgeholt wurden.«

»Dieser Angehörige ist nicht zufällig Herr Dr. Okko Vancamps?«, hakte Steen nach.

»Auch dazu kann ich Ihnen aus datenschutzrechtlichen Gründen keine Auskünfte erteilen«, behauptete Frau Düpree.

»Trotzdem vielen Dank für Ihre Hilfsbereitschaft«, gab Steen zurück.

*

Nachdem Kommissar Steen und Ihno Purwin die Praxis wieder verlassen hatten, griff Elke Düpree zum Hörer des Festnetzanschlusses der Praxis. Die Nummer, die sie wählte, gehörte nicht zu dem Smartphone, dessen Nummer sie dem Kommissar angegeben hatte. Genau genommen war es überhaupt keine Mobilfunknummer, sondern ein Festnetzanschluss, den sie anrief.

»Herr Dr. Werder? Ja, die Polizei war hier. Ein gewisser Kommissar Steen … Wie bitte?« Eine Pause folgte, in der Elke Düpree offenbar ihrem Gesprächspartner am anderen Ende der Leitung zuhörte. »Dieser unangenehme Kerl, der schon mal hier war und so aufdringliche Fragen gestellt hat, war ebenfalls hier … Nee, im Schlepptau von dem Kommissar … Was wollen Sie jetzt machen, Herr Dr. Werder … Wie bitte? Wollen Sie darüber nicht nochmal nachdenken? In Ordnung … Ja, Herr Doktor … In Ordnung, Herr Doktor. Nein, von mir haben die nichts erfahren … Auf Wiederhören, Herr Dr. Werder.«

Elke Düpree legte den Hörer auf und setzte sich in den Bürosessel. Ihr Gesicht wirkte sehr nachdenklich.

*

»Was machen wir jetzt?«, fragte Ihno Purwin, nachdem er zusammen mit Steen die Praxis von Dr. Werder verlassen hatte.

»Wir müssen in den sauren Apfel beißen«, sagte Steen.

»Was für einen sauren Apfel meinst du?«, fragte Ihno. »Willst du den feinen Herrn DOKTOR Okko Vancamps mal vorladen oder ihm einen Besuch abstatten?«

»Ohne Beweise? Das wäre schlecht. Wir brauchen etwas Handfestes.«

»Am besten die Tatwaffe!«

»Das wäre nicht schlecht. Aber einstweilen würde uns vielleicht der Entwurf für die Testamentsänderung schon weiterhelfen.«

»Glaubst du, dass sich der noch unter den Kisten mit gehorteter Post befindet, die in Markus Oltrogges Wohnung gefunden wurde?«

»Du könntest mir helfen, das alles zu durchsuchen«, schlug Steen vor. »Ich weiß, du bist nicht begeistert, mir macht sowas auch keinen Spaß.«

»Wo ist das Zeug?«

»Noch in Markus Oltrogges Wohnung. Ulfert hat zwar die Wohnung abgespurt und wir haben deren Zustand in allen Einzelheiten fototechnisch dokumentiert, aber um das Zeug in die Dienststelle zu transportieren, hatte er kein geeignetes Fahrzeug dabei. In den Dienstwagen hätte das alles nicht reingepasst.«

»Verstehe.«

»Also, lass uns da hinfahren und alles durchwühlen. Vielleicht finden wir was.«

»Ist das denn rechtlich korrekt, wenn ich mich daran beteilige?«

»Du trägst doch Latexhandschuhe. Wer welchen Brief angefasst hat, das weiß nachher niemand mehr. Und da du den Verdacht erstmalig mir gegenüber geäußert hast, bist du ein Zeuge, auf dessen Angaben ich im Zweifel angewiesen bin.«

»Wenn du meinst.«

»Mein ich. Ihno, wenn du mir nicht hilfst, brauchen wir doppelt so lange oder kommen erst nächste Woche dazu. Der Fall Kriens muss ja schließlich auch bearbeitet werden und es fallen da jetzt für unser Team eine ganze Menge routinemäßige Arbeiten an, die nicht einfach so aufgeschoben werden können.«

»Gut«, sagte Ihno. »Diesmal fährst du vorneweg.«

»Wir hätten auch gleich in einem Wagen fahren können.«

»Konnte man ja nicht wissen, dass es so kommt.«

»Nee, konnte man nicht.«

Kapitel 15

Am späten Nachmittag statteten Polizeimeisterin Altje Remels und ihr Kollege Johnny Volkerts der Bar Elefantine einen Besuch ab. Die Bar stand offen. Die beiden Polizisten gingen einfach hinein. Im Inneren war viel los. Handwerker liefen in Blaumännern herum. Packer trugen Kisten, Elektriker schraubten an Leitungen herum.

Hinter dem Tresen stand ein riesenhafter Mann mit kahlem Kopf und einem Tattoo am Hals. Selbst den hochgewachsenen Johnny Volkerts überragte er um mindestens einen Kopf.

»Da komme ich mir ja ausnahmsweise mal richtig schmächtig vor«, murmelte Altje angesichts der Leibesfülle dieses Mannes.

»Na, was will denn die Polizei hier? Huren kontrollieren? Drogenkontrolle? Oder Lärmschutzauflagen? Irgendwas zu meckern gibt's doch von euch immer!«

Altje und Volkerts begaben sich zum Tresen. »Sind Sie Herr Harm Hinnerks?«, fragte Johnny Volkerts dann.

»Wie er leibt und immer noch lebt!«, sagte der Riese.

»Sie sind der Besitzer der Bar Elefantine, wenn ich das richtig sehe.«

»Das sehen Sie nicht mehr richtig«, sagte Harm Hinnerks und verschränkte die Arme vor der Brust. »Oder besser gesagt: Ab übermorgen sehen Sie das nicht mehr richtig, so lange gehört mir der Laden nämlich noch, dann ist Schluss mit lustig.«

»Sie schließen?«, fragte Volkerts.

»Ich werde jetzt Privatier, wie man so schön sagt, und ziehe mich aus dem Geschäftsleben zurück. Keine Sorge, das Nachtleben in Emden wird nicht gleich völlig eintönig werden.« Er lachte laut und breit. »Sind ja schließlich eine Hafenstadt hier! Ich sag immer: Das Elefantine ist das St. Pauli von Emden.«

Altje ließ den Blick schweifen und sah auf die mehr oder minder ausgeplünderte Umgebung. »Naja, vielleicht ein bisschen übertrieben dieser Vergleich!«, meinte sie.

»Nee, dat is Marketing, wie man das auf Neuplattdeutsch nennt«, sagte Harm Hinnerks. »Aber da haben plattnasige Beamtenseelen wie ihr mit sicherem Gehalt, sicherer Pension und hässlicher Uniform sicher noch nie was von gehört. Man muss der Sache einen schönen Namen geben. Eine schöne Verpackung, sonst kann man nichts verkaufen. Aber ihr müsst ja nichts verkaufen. Ihr kennt sowas nicht.« Er machte eine wegwerfende Handbewegung und fuhr dann fort: »Wie auch immer, ich habe einen Interessenten gefunden, der den Laden übernehmen will, und jetzt genieße das Leben mit Sonne und Strand.«

»Sagen Sie bloß, Sie träumen auch von einer Cocktailbar in Rio de Janeiro«, meinte Altje. »Scheint eine ansteckende Krankheit zu sein.«

Harm Hinnerks runzelte die Stirn. Die einzigen Haare, die er am Kopf trug, waren seine dichten Augenbrauen und die zog er jetzt zusammen, woraufhin sich eine Falte auf der Stirn bildete. »Rio de Janeiro?«, fragte er zurück. »Wie kommen Sie darauf, junge Frau? Mein Ferienhaus auf Borkum reicht mir völlig. Der Wunsch nach ein bisschen Sonne heißt ja nicht, dass ich lebendig gebraten werden will, und ein bisschen Wind muss auch sein.« Er sah kurz zu Altje, dann zu Johnny Volkerts und fragte dann: »Was kann ich denn heute für euch tun?«

»Herr Hinnerks, es geht um die Schießerei, die vor Ihrer Bar stattgefunden …«

»Leck mich, das ist Jahre her! Jaaahre!« Harm Hinnerks dehnte das Wort Jahre auf eine Weise, die die Länge dieser Zeitspanne eindrucksvoll lautmalerisch veranschaulichen sollte. »Ich weiß wirklich nicht, wieso ihr jetzt noch mit diesem alten Kram wieder ankommt.«

»Wir vergessen nix«, sagte Johnny Volkerts. »Damals hat es hier mutmaßlich eine Schießerei gegeben und die Kollegen haben das auch näher untersucht. Ich war damals noch nicht hier in Emden, aber es gibt darüber ja eingehende Berichte.«

»Ja, und? Das ist doch alles Schnee von gestern, wie man so sagt.«

»Wer da damals geschossen hat, konnte nicht aufgeklärt werden.«

»Ja, so ist das eben! Es wird geballert und die Polizei steht am Ende hilflos daneben. Da habe ich mich als Geschäftsmann ja auch erst dran gewöhnen müssen. Aber das nehme ich Ihnen persönlich nicht übel. Und wo Sie sagen, dass Sie damals noch gar nicht in Emden waren, dann hatten Sie damit ja noch nix zu tun. Das wäre dann ja auch nicht gerecht, Ihnen das vorzuwerfen.«

»Herr Hinnerks, die Waffe, die damals benutzt wurde, ist jetzt bei zwei Morden verwendet worden«, sagte jetzt Altje. »Und deswegen sind wir hier.«

»Zwei Morde?«, echote Hinnerks verwundert. »Von dem Postboten im Torfschiff habe ich gehört. Aber gab es sonst noch einen Mord hier in der Umgebung? So in letzter Zeit, meine ich?« Er machte eine ausholende Bewegung mit seinem Arm. »Aber Sie sehen ja den ganzen Trubel, den ich im Moment habe. Da kommt man ja zu nichts mehr, sag ich Ihnen! Gar nichts! Zeitung lesen oder Nachrichten im Radio hören? Purer Luxus! Ich bin schon froh, wenn ich ab und zu zum Kacken aufs Klo komme, und selbst das muss ich mir manchmal verkneifen.« Er atmete tief durch. »Aber das wird ja demnächst anders. Gott sei Dank auch. Bin ja nicht mehr der Allerjüngste, so langsam geht einem der Stress dann doch etwas mehr auf die Nerven als früher.«

»Naja, korrekterweise müssen wir sagen, dass nur der Mord an dem Postboten mit Sicherheit mit dieser Waffe verübt wurde«, schränkte Volkerts ein, dem es offenkundig nicht so ganz recht war, wie seine Kollegin da vorpreschte. »Der zweite Mord an einer Reisebüroangestellten aus Conrebbersweg, von dem Sie im Verlauf des Tages sicher noch hören werden, ist aber höchstwahrscheinlich vom selben Täter begangen worden. Wir gehen also davon aus, dass die ballistischen Tests das bestätigen werden.«

»Hm«, murmelte Harm Hinnerks jetzt sehr nachdenklich. Er schien sich irgendwie plötzlich etwas unbehaglich zu fühlen.

Und er schwitzte, obwohl es in der Bar nicht sonderlich warm war, denn die Heizung hatte man offenbar schon längst abgeschaltet. »Und was hab ich damit nun zu tun?«

»Wir suchen nach einem Zusammenhang«, erklärte Johnny Volkerts. »Den Unterlagen nach waren Sie damals nicht sonderlich kooperativ. Da findet vor Ihrer Haustür quasi eine Schießerei statt. Niemand hat was gesehen, es lassen sich keine Zeugen finden und Sie kennen angeblich auch niemanden, der Ihnen nach dem Leben trachten könnte.«

»Naja, Sie haben ermittelt – also Ihre damaligen Kollegen, meine ich – und nichts herausgefunden. Was soll man dazu sagen?«

»Haben Sie eine Waffe, Herr Hinnerks?«

»Ich? Nein, mit sowas habe ich nichts zu tun.«

»Damals, als die Schießerei stattfand, bestand der Verdacht, dass Sie eine geschäftliche Auseinandersetzung mit einer Rockerbande aus Bremen hatten, die versucht hat, das Rotlicht-Milieu hier im Norden unter ihre Kontrolle zu bringen«, fuhr Johnny Volkerts dann in aller gebotenen Sachlichkeit fort.

»Wie das halt so ist, wenn es ums Geschäft geht.«

»Es wäre doch in Ihren Kreisen nicht unüblich, wenn Sie sich gegen so etwas auf die robuste Art damals gewehrt hätten!«, meinte Johnny Volkerts.

»Wollen Sie hier alles nach dieser Waffe durchsuchen? Das können Sie gerne.« Harm Hinnerks machte eine ausholende Geste. »Zumindest, was noch da ist! Da brauchen Sie nicht einmal einen Gerichtsbeschluss, das gestatte ich Ihnen einfach so. Und was Ihre Frage angeht. Ich habe weder überhaupt eine Waffe noch diese spezielle Waffe. Denn wenn ich etwas auf die robuste Weise löse, dann haue ich dem anderen mal richtig auf den Kopp – aber ich schieß doch nicht um mich!«

»So, so«, sagte Johnny Volkerts.

»Man könnte sagen, ich bin ein richtiger Pazifist, wenn Sie verstehen, was ich meine.«

»Bin mir nicht sicher, ob ich das richtig verstanden habe«, gab Johnny Volkerts zu. »Jemand, der anderen auf den Kopf haut und nur auf den Einsatz von Schusswaffen verzichtet, ist für meine Begriffe noch nicht so ganz der Prototyp eines friedliche Bürgers – geschweige denn ein Pazifist.«

»Jetzt wollen wir mal nicht päpstlicher sein als der Papst, oder? Ich haue jeden um, der mir krumm kommt, aber ich habe keine Schusswaffe. Damit ist der Fall für mich doch erledigt, denke ich. Und wenn Sie sich noch umsehen wollen … Mein Angebot steht noch.«

»Da brauchen wir gar nicht erst zu gucken – der hat sicher alles weggeräumt«, meinte Altje an Johnny Volkerts gerichtet. »Jedenfalls würde ich meine Knarre nicht irgendwo liegen lassen, wenn ich gerade zwei Morde damit begangen hätte!«

»Wie – jetzt bin ich schon verdächtig?«, sagte Harm Hinnerks mit einer Art von Empörung, die irgendwie nicht so ganz überzeugend wirkte. Er wirkte wie ein Schauspieler, der etwas zu viel Gas gab und in der Dosierung seiner darstellerischen Mittel etwas übertrieb.

»Herr Hinnerks«, begann Johnny Volkerts nun in einem sehr ernsten Tonfall. »Ich will nicht in Abrede stellen, dass es reiner Zufall sein könnte, dass zwei Menschen mit einer Waffe erschossen wurden, die in einer Schießerei direkt vor Ihrer Bar benutzt wurde.«

»Gut, dass Sie das klarstellen«, sagte Hinnerks.

»Aber nur für den Fall, dass sich das doch etwas anders verhält, sollten Sie nochmal gut darüber nachdenken, ob Sie Ihren bisherigen, gelinde gesagt sehr mageren Aussagen zu dieser Sache noch irgendetwas hinzufügen möchten. Sollten Sie irgendetwas über diese Waffe, ihren Besitzer oder über ihren Verbleib wissen, dann sollten Sie uns das jetzt sagen. Denn wir werden natürlich weiter ermitteln, und je nachdem, wie die Wahrheit nun tatsächlich aussieht, werden auch Sie dann in den Fokus unserer Ermittlungen kommen.«

»Uh, ist das jetzt eine Drohung?«

»Das ist eine polizeiliche Information, mein Herr«, erklärte Johnny Volkerts auf seine manchmal etwas gestelzt und förmlich wirkende Weise.

»Eine Information, auf die jeder Döspaddel aber auch selber kommen könnte«, fügte Altje hinzu.

»Hat sie das wirklich gesagt?«, ereiferte sich nun Harm Hinnerks. »Hat sie mich wirklich einen Döspaddel genannt? Ist das jetzt so, dass die Polizei, dein Freund und Helfer, einen beschimpfen darf?«

»Also wenn ich das für meine Kollegin mal kurz richtigstellen darf«, sagte Johnny Volkerts, ehe Altje das Wort zu einer Erwiderung ergreifen konnte, die das Ganze vermutlich nur schlimmer gemacht hätte. »Polizeimeisterin Remels hat nur von Döspaddeln im Allgemeinen gesprochen – und nicht von einer bestimmten Person. Wenn Sie sich da angesprochen fühlen, dann können Sie daraus nicht eine Beleidigung zu Ihrem Nachteil ableiten.«

»Eine Beleidigung zu meinem Nachteil?« Harm Hinnerks schüttelte nur den Kopf. »Leck mich, wo lernt man, so geschwollen zu reden?«

»Wir brauchen die Unterhaltung jetzt nicht fortzusetzen«, sagte Johnny Volkerts. »Aber das, was ich Ihnen vorhin gesagt habe, ist mein voller Ernst, und ich hoffe sehr, dass Sie die Tragweite begriffen haben. Und über noch etwas sollten Sie nachdenken.«

»Ich bin sehr gespannt!«

»Falls Sie selbst der Mörder sind, der zwei Menschen innerhalb kurzer Zeit erschossen hat, dann sollten Sie damit rechnen, dass wir Sie früher oder später kriegen. Aber falls Sie nur wissen, wer diese Waffe hat und der Täter sein könnte, dann sollten Sie sehr vorsichtig sein. Der Täter scheint sehr rücksichtslos zu sein und jeden Mitwisser, den er für eine Gefahr hält, auszuschalten.«

»Ich hab schon richtig Angst«, sagte Harm Hinnerks.

»Das sollten Sie vielleicht auch. Und wenn Sie das Ganze dann richtig abgewogen haben, rufen Sie hier an.« Johnny

Volkerts legte eine Visitenkarte der Kripo Emden auf den Tresen. Dann wandte er sich an Altje. »Lass uns gehen.«

»So eine Mimose«, meinte Altje noch, als sie gerade die Tür ins Freie passierten.

Harm Hinnerks wirkte plötzlich sehr nachdenklich, während er den beiden Polizisten noch nachsah.

»Chef?«, fragte jemand mit einer heiseren Stimme.

Harm Hinnerks antwortete nicht, sondern schien in Gedanken versunken zu sein.

»Chef, komm mal eben und guck dir das an!«

»Was ist denn?«

»Ich will wissen, was wir damit machen sollen?«

Ein Ruck ging durch Harm Hinnerks. Er umrundete den Tresen und ging zu dem Mann, der ihn angesprochen hatte. Es handelte sich um einen drahtigen, grauhaarigen Mann namens Dirk Meyer, der schon seit Jahrzehnten für Harm Hinnerks arbeitete. Kaum jemandem vertraute Hinnerks so sehr wie ihm. Gemeinsam hatten sie viele schwierige Situationen durchgestanden, die sich beim Betrieb der Bar so über die Jahre ergeben hatten.

Dirk Meyer war gerade damit beschäftigt gewesen, den Wandsafe zu öffnen. Der war normalerweise so verborgen, dass ihn niemand finden konnte, der nicht sehr genau wusste, wonach er suchen musste. Dirk Meyer hatte eine Box aus dem Safe herausgenommen und sie geöffnet.

Darin lagen mehrere Kurzwaffen, automatische Pistolen mit dazugehörigen Schalldämpfern und etwas Munition.

»Das muss so schnell wie möglich entsorgt werden«, erklärte Harm Hinnerks. »Die Bullen werden wiederkommen und dumme Fragen stellen. Diese Schießeisen darf man hier auf gar keinen Fall finden!«

Kapitel 16

Stunden hatten Kommissar Steen und Ihno Purwin damit verbracht, die Post zu durchsuchen, die Markus Oltrogge gehortet hatte. Jedes Stück Papier, das auch nur entfernte Ähnlichkeit mit einem Testamentsentwurf hatte, war genau begutachtet worden, aber sie hatten das, wonach sie suchten, nicht gefunden.

Steen war schon nahe dran gewesen, die Suche am Ende doch aufzugeben. Es war ja schließlich auch durchaus möglich, dass Markus Oltrogge dieses Dokument entweder vernichtet oder einer interessierten Person ausgehändigt und dafür eine gewisse Summe kassiert hatte.

Aber dann fanden sie es schließlich doch – und zwar in der Schublade seines Nachttischs.

»Das ist ja ein richtiger Roman!«, lautete Ihno Purwins Kommentar.

»Hundertfünfzig eng bedruckte Seiten«, stellte Steen fest. »Aber das Gute ist: Die Änderungen gegenüber der vorherigen und bis heute gültigen Fassung wurden markiert und durch den Notar mit Kommentaren versehen, damit die alte Dame auch den Überblick behält. Außerdem liegt hier noch ein Schreiben des Notars dabei, dass er alles zur Unterschrift vorbereite, sobald Frau Vancamps ihr Okay gäbe …«

»… wozu es dann ja nicht mehr gekommen ist!«, meinte Ihno.

»Tja, da werden wir wohl eine Weile lesen müssen. Ich schlage vor, wir fahren zur Dienststelle.«

»Das heißt, du lässt mich an den neuen Erkenntnissen teilhaben!«

»Du musst mitlesen! Zwei Augenpaare sehen mehr als eins. Und abgesehen davon ist anwaltliche Erbschaftsprosa auch nicht gerade mein bevorzugter Lesestoff.«

»Kann unter Umständen spannender sein als jeder Kriminalroman, Steen!«

»Wenn ich das richtig sehe, läuft das hier alles zum Nachteil von Herrn Okko Vancamps«, erklärte Steen und blätterte etwas in den Seiten herum.

»Du meinst DOKTOR Okko Vancamps.«

»Er hört ja nicht zu, Ihno!«

»Auch wieder wahr.«

»Eine Sache beschäftigt mich.«

»Und das wäre?«

»Wenn dieser Okko Vancamps die alte Dame umgebracht hat, weil er nicht wollte, dass das Testament geändert wird, dann muss er aus anderer Quelle schon davon gewusst haben.«

»Wie meinst du das?«

»Ich glaube nicht, dass Markus Oltrogge Herrn DOKTOR Vancamps angesprochen hat, sondern dass es umgekehrt war. Denn sonst hätte Oltrogge Vancamps dieses Schriftstück zukommen lassen müssen, um ihn über die drohende ungünstige Veränderung des letzten Willens der alten Dame zu informieren.«

»Vielleicht hat er das ja – in Form einer Kopie.«

»Ja, das wäre natürlich auch denkbar. Aber ich halte es für wahrscheinlicher, dass es andersherum war. Denn die Tragweite dieses Entwurfs ist ja für einen Außenstehenden nicht sofort erkennbar.«

»Je nachdem, wie intensiv sich Herr Oltrogge mit der gehorteten Post auseinandergesetzt hat, könnte er das schon erkannt haben, Steen. Und du siehst ja …« Ihno Purwin deutete zu den Wäscheleinen mit Dokumenten und Briefen, »er hat das wirklich sehr intensiv getan.«

»Der Notar heißt Dr. Teckmann aus Aurich. Kennst du den?«

»Den Angaben von Frau Menningbrook nach ist das ein alter Freund der Familie.«

»Könnte es sein, dass er Okko Vancamps darüber informiert hat?« Steen wartete Ihnos Antwort nicht ab. »Ich werde ihn mal anrufen.«

»Der hat sicher schon Feierabend.«

»Vielleicht ist er aber gerade noch im Büro.«

Steen nahm sein Handy und wählte die Nummer des Notars. Wenig später hatte er ihn am Apparat. In knappen Worten schilderte Steen ihm, wer er war und aus welchem Grund er ihn anrief. »Sie haben also einen Schriftsatz aus meiner Kanzlei in den Sachen eines ermordeten Postboten gefunden«, fasste Teckmann Steens Ausführungen zusammen.

»Es handelt sich um einen Entwurf für eine Testamentsänderung, die Frau Vancamps aber nie erreicht hat«, stellte Steen klar.

»Ich unterliege der Schweigepflicht und kann Ihnen keinerlei Fragen zum Sachverhalt beantworten.«

»Es geht hier um einen Mord«, sagte Steen.

»Meinen Sie den Mord an dem Postboten – oder wollen Sie damit andeuten, dass die alte Frau Vancamps eines unnatürlichen Todes gestorben ist?«

Der ist clever und hat die Falle gleich erkannt, dachte Steen. Natürlich gab es keinerlei konkrete Anhaltspunkte dafür, dass die alte Frau Vancamps ermordet worden war. Dazu hätte man sie exhumieren müssen, was aber nicht geschehen konnte, solange man keinen konkreten Hinweis hatte. Da biss sich die Katze in den Schwanz. Nachdem die Einzige, die in dieser Hinsicht einen Verdacht geäußert hatte, ihre Aussagen zurückgezogen hatte, war in nächster Zeit nicht damit zu rechnen, dass man genug Beweise zusammenbekam, um solche Ermittlungen in Gang zu setzen und einen Beschluss zur Exhumierung erwirken zu können. Und da zu allem Überfluss auch noch der Arzt urplötzlich von einer überwältigenden Urlaubssehnsucht befallen worden und verschwunden war, bestand auch von dieser Seite aus keine Hoffnung, mehr Licht ins Dunkel zu bringen.

»Herr Teckmann, ich möchte eigentlich nur eins wissen: Haben Sie Herrn Okko Vancamps über die bevorstehende Absicht seiner Tante unterrichtet, ihr Testament zu ändern?«

»Wie gesagt, auch dazu werde ich mich nicht äußern.«

»Uns liegt das Dokument vor. Insofern besteht auch kein Grund, zu Sachverhalten zu schweigen, die uns beiden bekannt sind.«

»Herr … wie war nochmal Ihr Name?«

»Steen. Kommissar Steen.«

»Ich denke, dass wir unsere Unterhaltung fortsetzen, sobald Sie dazu irgendeine Art von Gerichtsbeschluss vorlegen können. Bis dahin …«

»Ich denke, dass wir unsere Unterhaltung morgen früh, zehn Uhr, auf unserer Dienststelle fortsetzen, Herr Dr. Teckmann. Betrachten Sie dies als Vorladung, der Sie nicht ohne Weiteres fernbleiben dürfen.«

»Aber …«

»Guten Tag.«

Steen beendete das Gespräch.

»Klingt seltsam, wenn du dich auf diese Weise verabschiedest, Steen«, fand Ihno.

Steen runzelte die Stirn. »Wie meinst du das?«

»Na, wenn du ›Guten Tag‹ anstatt ›Tschüss!‹ sagst.«

»In diesem Fall wollte ich der Sache durch Anwendung meiner durchaus vorhandenen hochdeutschen Sprachkenntnisse etwas Nachdruck verleihen«, gab Steen zurück.

*

Etwas später fanden sich alle Mitglieder von Kommissar Steens Ermittlungsteam nach und nach im Büro der Dienststelle ein. Steen setzte die anderen über den Testamentsentwurf in Kenntnis – und auch darüber, was das Gespräch mit den Menningbrooks erbracht hatte.

Johnny Volkerts wiederum erstattete über den Besuch bei Harm Hinnerks in der Bar Elefantine Bericht. »Also irgendwas ist faul mit dem Kerl«, sagte Volkerts schließlich. »Aber wir haben leider nichts gegen ihn und auch keine Indizien, die ihn irgendwie mit den beiden Morden in Verbindung bringen könnten – mal abgesehen davon, dass mit derselben Waffe vor seiner Bar herumgeballert wurde.«

»Was aber schon ein paar Jahre her ist«, gab Altje zu bedenken.

»Diese Schießerei damals«, fuhr Volkerts fort, »ist sowieso äußerst seltsam. Ich habe mir die Akte mal angesehen.«

»Worauf willst du hinaus, Johnny?«, fragte Steen.

Volkerts zuckte mit den Schultern. »Kann ich nicht sagen. Aber wenn bei einer Schießerei niemand was gehört hat, niemand was gesehen hat und niemand ein Interesse zu haben scheint, dass das Ganze auch wirklich aufgeklärt wird, dann ist das schon äußerst merkwürdig.«

»Das hört sich fast nach einem vorgetäuschten Verbrechen an«, meinte Ulfert Jansen.

»Nur, dass es wirklich Projektile mehrerer Schusswaffen gab, die man aus der Außenwand der Bar Elefantine herausgekratzt und untersucht hat«, gab Volkerts zu bedenken. »Also geschossen worden ist tatsächlich. Nur wer da auf wen warum gefeuert hat, das ist bis heute ein Rätsel geblieben.«

»Schön wäre es natürlich, wenn wir da jetzt irgendeinen Zusammenhang zu Okko Vancamps finden könnten«, meinte Ihno Purwin. »Was weiß ich? War der vielleicht Stammgast dort …«

»In seinem so vulgären Umfeld?«, fragte Johnny Volkerts sehr skeptisch zurück. »Das klingt mir eher nicht nach Herrn Dr. Vancamps.«

»Aber Tatsache ist doch, dass eine der Waffen jetzt als Mordwaffe benutzt wurde.«

Steen deutete unterdessen auf den Entwurf zur Testamentsänderung. »Ich werde den Abend noch mit dieser spannenden Lektüre verbringen«, kündigte er an. »Aber so wie ich das sehe, hat Herr Dr. Vancamps sehr viel Glück gehabt, dass seine Tante verstorben ist, ehe sie das Testament tatsächlich ändern konnte. Der Großteil des Privatvermögens sollte nämlich nach dieser Änderung in kulturelle Projekte und eine Stiftung gehen. Herr Vancamps hätte natürlich weiterhin die Reederei geleitet und dort auch einen hohen Prozentsatz der Anteile verwaltet, die er schon zu Lebzeiten übertragen bekommen hatte.«

»Deswegen hatten die alte Frau Vancamps und ihr Neffe ja auch immer wieder heftige Auseinandersetzungen, wie mir Frau Menningbrook geschildert hat«, erklärte Ihno. »Zumindest bevor sie es sich plötzlich anders überlegt hat.«

»Eine Neuigkeit habe ich übrigens noch vom Tatort Frauke Kriens«, meldete sich nun Ulfert Jansen zu Wort. »Und zwar konnte ich ein Projektil aus der Beifahrertür sicherstellen. Das Geschoss ging durch das Opfer durch, was die Sache insofern erleichtert, als die ballistischen Tests dann schneller durchgeführt werden können.«

»Na, wenigstens eine erfreuliche Nachricht«, meinte Steen.

»Das Kaliber ist identisch mit dem, das Markus Oltrogge getötet hat.«

»Also werden wir wahrscheinlich bestätigt bekommen, dass es tatsächlich derselbe Täter war«, vermutete Steen.

Ulfert Jansen nickte.

»Davon gehe ich eigentlich aus.«

Kapitel 17

Am nächsten Morgen konnte Steen wieder nicht im Café am Stadtgarten frühstücken. Damit war auch nicht zu rechnen gewesen. Die Reparatur des Wasserschadens würde vermutlich noch ein paar Tage dauern und Steen hatte sich damit abgefunden, sein Frühstück anderweitig einnehmen zu müssen. Er hatte sich allerdings diesmal dazu entschieden, das Brötchen und den Kaffee zum Mitnehmen nicht im Büro der Dienststelle zu sich zu nehmen. Da hatte er jetzt wirklich genug Zeit verbracht. Schließlich hatte er am Abend zuvor noch den kompletten Testamentsentwurf durchgelesen, um besser zu verstehen, was der für die Beteiligten im Einzelnen bedeutete. Eine Lektüre, die ihn im Übrigen darin bestärkt hatte, dass Okko Vancamps ein Motiv gehabt hatte, seine Tante umzubringen. Nur beweisen musste man es eben auch, sonst kam die ganze Angelegenheit nicht voran.

Der Kommissar hatte sich entschlossen, heute bei einem Spaziergang am Delft entlang zu frühstücken, denn er ging davon aus, dass Ihno Purwin in aller Frühe wieder auf der Dienststelle auftauchen würde, um nichts zu verpassen. Und ein paar Momente wollte er einfach für sich allein haben, um nachzudenken.

Als Steen dann schließlich zur Dienststelle kam, war Ihno Purwin überraschenderweise nicht dort.

»Die Pension verdirbt den Charakter«, meinte Johnny Volkerts dazu.

»Naja, ich würde es auch etwas lockerer angehen, wenn ich schon pensioniert wäre«, meinte Altje dazu. »Wahrscheinlich hat er den Wecker längst abgeschafft. Er hat's gut! Davon kann man nur träumen.«

»Naja, wollen wir trotzdem gleich mal hören, was der Notar zu sagen hat«, meinte Steen. »Bin schon sehr gespannt.«

»Meinst du diesen Dr. Teckmann?«, hakte Ulfert nach.

»Ja, wieso?«

»Weil der vorhin angerufen hat – kurz bevor du gekommen bist.«

»So?«

»Besser gesagt: Sein Büro hat angerufen. Er kommt nicht.«

»Der kann nicht einfach wegbleiben, wenn ich ihn hierher bestelle!«

»Doch, das kann er, Steen. Es liegen nämlich – angeblich! – gesundheitliche Gründe vor. Er muss sich einer umfangreichen ärztlichen Untersuchung unterziehen, EKG machen und so weiter und sofort. Sind akute Symptome, er hat einen Arzt, der das unterschreibt, und damit werden wir dann wohl erstmal auf ihn verzichten müssen.«

»Das gibt es doch nicht!«, entfuhr es Steen. »Der Arzt von Frau Vancamps flüchtet in den Urlaub, der Notar wird plötzlich krank und kann nicht zur Vernehmung erscheinen …«

»Jo, das klingt nicht nach Zufall!«, meinte Johnny Volkerts. »Wollen wir hoffen, dass mit Ihno Purwin nicht irgendwas passiert ist.«

»Die hat man eingeschüchtert«, meinte Altje. »Aber von Ihno kann ich mir das ehrlich gesagt beim besten Willen nicht vorstellen.«

*

Etwas später kam der Bericht der Ballistik zum Fall Frauke Kriens. Es stand nun fest, dass sie mit derselben Waffe erschossen worden war wie Markus Oltrogge.

Ungefähr zur selben Zeit meldete sich dann noch jemand, mit dem eigentlich niemand ernsthaft gerechnet hatte. Harm Hinnerks, der Noch-Besitzer der Bar Elefantine, tauchte auf und gab an, eine Aussage machen zu wollen.

Kommissar Steen und Johnny Volkerts setzten sich mit ihm in ein Besprechungszimmer.

»Ja, so schnell sieht man sich überraschenderweise wieder, Herr Hinnerks«, meinte Volkerts dann und deutete neben sich.

»Das ist Kommissar Steen. Er leitet hier die Mordkommission. Was haben Sie uns denn zu sagen?«

»Also, ich will mich ja jetzt quasi zur Ruhe setzen«, begann Hinnerks.

»In Ihrem Ferienhaus auf Borkum«, gab Volkerts zurück.

»Jedenfalls will ich vorher reinen Tisch machen. Mit Mord will ich nichts zu tun haben. Und das andere … Da habe ich mich erkundigt! Das ist alles verjährt.«

»Was meinen Sie damit?«, fragte Steen. »Was soll verjährt sein?«

»Vortäuschung einer Straftat, illegaler Waffenbesitz … solche Dinge eben«, antwortete Hinnerks.

»Vielleicht mal der Reihe nach, damit auch so ein schlichtes Gemüt wie ich das begreifen kann«, meinte Steen.

Hinnerks beugte sich etwas vor. »Also damals, wegen der Schießerei vor meiner Bar …«

»… bei der nie ermittelt werden konnte, wer dahintersteckte!«, sagte Steen.

Hinnerks nickte. »Ich hatte damals Ärger mit einer Rockerbande aus Bremen, die hier im Norden das Rotlicht-Milieu übernehmen wollte.«

»In diese Richtung gingen damals ja auch die Vermutungen unsererseits, nur waren Sie nicht besonders kooperativ«, erklärte Johnny Volkerts.

»Natürlich nicht. Die Sache war nämlich die: Ich habe das damals zusammen mit einem Angestellten von mir inszeniert. Wir haben ein paar Waffen besorgt, damit vor der Bar in den frühen Morgenstunden rumgeballert und dann dafür gesorgt, dass die Polizei einen anonymen Tipp kriegen sollte. Und die Polizei hat dann das gefunden, was sie finden sollte: ein paar Kugeln aus verschiedenen Waffen. Spuren einer Schießerei.«

»Sie haben damals Schalldämpfer benutzt«, stellte Steen fest.

»Ja, natürlich! Wir wollten ja nicht, dass irgendjemand aus dem Fenster sieht und mitkriegt, dass da niemand ist – außer uns. Verstehen Sie?«

»Nee, noch nicht so ganz. Wieso haben Sie eine Schießerei für unsere Kollegen quasi inszeniert?«

»Damit davon was in der Zeitung steht. Und das hat ja auch geklappt.« Hinnerks strich sich mit der Hand über seine Glatze und schüttelte dann den Kopf. »Mann, Kommissar willst du sein und kommst nicht auf die Lösung? Muss man da heute nicht mehr Abitur haben oder was ist bei euch Bullen? Als ich zur Hauptschule gegangen bin, da hat man da noch was gelernt! Aber heute …«

»Herr Hinnerks: Erklären Sie es mir einfach«, beharrte Steen in aller Ruhe.

»Na, ganz einfach: Die Rocker aus Bremen sollten den Eindruck bekommen, dass ich jemand bin, der sich nichts gefallen lässt. Wenn mir jemand krumm kommt oder Vorschriften machen will, dann kriegt er ein paar aufs Maul oder ein paar Kugeln um die Ohren.«

»Halt so ein richtiger Pazifist, wie Sie mir das bei unserem ersten Gespräch geschildert haben«, sagte Johnny Volkerts trocken.

»Das war doch nur Gelaber«, meinte Hinnerks. »Na, was soll ich sagen? Die Taktik war erfolgreich. Die Sache hat sich herumgesprochen, die Bande hat mich in Ruhe gelassen. Die wollten sich keine blutigen Nasen holen, so einfach ist das. Aber wie ich zu Beginn schon sagte: Ich kann das ja ohne Probleme jetzt zugeben, denn Vortäuschung einer Straftat verjährt nach fünf Jahren. Ist also alles vor dem Gesetz vergeben und vergessen. Mord hingegen verjährt nicht – und damit will ich auch nichts zu tun haben.«

»Mit einer dieser Waffen sind zwei Menschen umgebracht worden«, erinnerte Steen den Barbesitzer.

»Ich weiß. Und wenn ich gewusst hätte, was der Typ mit dem Schießeisen vorhat, hätte ich es ihm nicht verkauft. Das müssen Sie mir glauben.«

»Welcher Typ?«, fragte Steen.

»Also ich erzähl's am besten von vorne.«

»Bitte.«

»Also da erzählt mir jemand, den ich da jetzt nicht mit reinziehen will, dass da jemand anderes eine Waffe sucht. Jemand, der reich ist, sich bedroht fühlt, aber keinen Waffenschein kriegt, weil die Behörden so popelig damit sind.«

»Und weiter?«

»Ich habe gesagt, ich will mir den Kerl erst ansehen und dass ich vielleicht was für ihn tun kann. Kurz und gut, es wurde ein Treffen vermittelt, ich habe dem reichen Furz meine Waffen gezeigt und gesagt: Scheiß die Wand an, such dir eine aus! Über den Preis sind wir uns einig geworden und ich habe ihm auch noch Munition überlassen.«

»Wer war dieser Mann?«

»Das habe ich erst später herausgekriegt. Seinen Namen hat er mir nämlich nicht gesagt: Ein gewisser Okko Vancamps von der Vancamps-Reederei. Ich glaube, ich habe das Bild in der Zeitung gesehen und ihn wiedererkannt.«

»Und weiter?«

»Ein paar Jahre sind vergangen, ich denke, die Sache ist erledigt, da passiert vorgestern dieser Mord am Delft. Der Tote im Torfschiff. Aber dass der Typ mit meiner alten Waffe umgelegt wurde, das habe ich erst erfahren, als Ihr Kollege mir das gesagt hat. Und da hat es bei mir natürlich innerlich gearbeitet und mir war klar, wer dahintersteckt!«

»Okko Vancamps«, murmelte Steen.

»Und wenn der Kerl eine zweite Person umgenietet hat, dann taucht der vielleicht auch eines Tages vor meinem Ferienhaus auf Borkum auf, weil er denkt, dass ich ihm gefährlich werden könnte.«

»Ausgeschlossen ist das nicht«, sagte Steen.

Ein Anruf erreichte Steen in diesem Moment. Es war Ihno.

Steen nahm das Gespräch entgegen. »Ich gehe mal eben vor die Tür«, erklärte der Kommissar. »Sie können sich noch ein bisschen mit dem Kollegen Volkerts unterhalten.«

Draußen, vor dem Besprechungsraum, konnte Steen dann ungestört reden.

»Moin, Ihno.«

»Moin, Steen.«

»Ich sag's ungern, Ihno, aber wir haben dich hier vermisst!«

»Ich hatte zu tun.«

»Verstehe. Oder besser gesagt: Ich verstehe es nicht.«

»Also genauer gesagt, habe ich mit ein paar Leuten geschnackt, die den Dr. Manno Werder etwas besser kennen oder sich bei ihm behandeln lassen und so …«

»Ja und?«

»Ich habe erfahren, dass er ein Ferienhaus am Großen Meer besitzt.«

»Dann steckt der jetzt dort!«, schloss Steen sofort.

»Natürlich! Der macht nicht Urlaub auf Mallorca oder so – der hat sich in seinem Ferienhaus verkrochen.«

»Hast du die Adresse?«

»Schicke ich dir als Nachricht. Ich bin auf dem Weg dorthin.«

»Ich ebenfalls!«

Kapitel 18

Dr. Manno Werder saß am Bootssteg seines Ferienhauses und machte den Köder für die Angel fertig. Da bemerkte er Schritte. Er drehte sich um. Eine Gestalt in einem dunklen Mantel näherte sich.

»Okko!«, stieß Werder hervor. Der Arzt wurde blass, als sein Blick auf die Waffe fiel, die sein Gegenüber in der Rechten trug: eine automatische Pistole mit Schalldämpfer. »Was hast du vor?«

»Es tut mir leid, ich kann kein Risiko eingehen«, sagte Okko Vancamps.

»Okko, du kannst mir vertrauen!«

»Ach ja? Bist du deswegen abgetaucht und plötzlich nicht mehr zu erreichen. Früher oder später wird die Polizei dich finden. Für dich steht vielleicht deine kassenärztliche Zulassung auf dem Spiel, aber für mich sehr viel mehr.«

»Mir ist erst nach und nach klar geworden, was du getan hast, Okko! Irgendwas musst du deiner alten Tante in den Tee gegeben haben und mich hast du dann missbraucht, das zu vertuschen! Wie konntest du erwarten, dass ich das einfach vergesse!«

»Schade, dass du das nicht kannst! Aber dann muss ich dafür sorgen, dass du vergisst. Für immer – alles!«

Okko Vancamps hob die Waffe und richtete den Schalldämpfer auf Dr. Werder.

Dieser schüttelte nur fassungslos den Kopf.

»Ich habe dich schon behandelt, als du noch ein Junge warst!«

»Ich weiß«, murmelte Okko Vancamps.

»Die Waffe weg!«, rief jetzt eine energische Stimme.

Vancamps wandte den Kopf zur Seite und drehte sich halb herum. Aus den Augenwinkeln heraus sah er Ihno Purwin, der inzwischen das Grundstück betreten hatte und mit beiden Händen den Griff einer Pistole umfasste. Deren Mündung zielte auf Vancamps.

»Denken Sie nicht, dass mein letztes Schießtraining zu lange her ist, Herr DOKTOR Vancamps!«, sagte Ihno in einem Tonfall, der den energischen Polizisten von früher unschwer erkennen ließ. »Die Waffe weg! Sofort!«

Für einen kurzen Moment hing alles in der Schwebe. Dann fiel die Waffe in den nassen Rasen.

*

Als Steen den Ort des Geschehens erreichte und aus seinem Dienstwagen sprang, sah er seinen ehemaligen Kollegen Ihno Purwin mit einer Waffe in der Hand dastehen.

Steen zog seine Dienstwaffe und setzte zu einem kleinen Spurt von fünf oder sechs Schritten an. Altje, die ebenfalls mitgekommen war, fluchte, weil sie beim Aussteigen in ein Matschloch getreten war.

»Ist schon alles geregelt, Steen«, sagte Ihno. »Nur festnehmen musst du Herrn Dr. Vancamps noch. Ich habe nämlich keine Handschellen mehr. Herr Vancamps hat gerade versucht, Dr. Manno Werder umzubringen. Den Grund dafür wird uns Dr. Werder sicher auf der Dienststelle genauer erläutern können.«

Steen ging zu Okko Vancamps und legte ihm Handschellen an. »Herr Vancamps, ich erkläre Ihnen die vorläufige Festnahme«, sagte Steen. »Sie werden verdächtigt, Herrn Markus Oltrogge und Frau Frauke Kriens umgebracht zu haben. Und nachdem wir Ihre Tante Undine Vancamps exhumiert haben, wird man eine eingehende gerichtsmedizinische Untersuchung nachholen. Ich bin mir sicher, dass die nicht ohne Ergebnis bleiben wird.«

»Ich werde keine Aussage machen, ohne dass ein Anwalt dabei ist«, sagte Okko Vancamps.

»Das ist Ihr gutes Recht«, sagte Steen.

Als Altje sie erreichte, deutete Steen auf die Waffe im Gras. »Sorgfältig eintüten, Altje! Das ist mutmaßlich die Waffe, die wir suchen!«

Altje zog sich unterdessen Latexhandschuhe an.

»Einen Moment«, sagte sie. »Immer mit der Ruhe, wir sind ja hier nur bei der Polizei und nicht auf der Flucht!«

»Sie kommen auch mit, Herr Dr. Werder«, wandte sich Steen an den ziemlich konsterniert wirkenden Arzt. »Wir werden Ihre Aussage brauchen.«

*

Als Dr. Okko Vancamps auf dem Rücksitz des Dienstwagens Platz genommen hatte, nahm Steen kurz seinen ehemaligen Kollegen Ihno Purwin zur Seite.

»Hör mal, was ist das für eine Waffe, mit der du da herumgefuchtelt hast?«

»Hätte ich zulassen sollen, dass Dr. Werder erschossen wird?«

»Nein, natürlich nicht, aber …«

»Na also! Gerechtfertigte Nothilfe!«

»Ja – aber du bist nicht mehr im Dienst. Und ich wüsste nicht, dass man auch als Privatermittler einfach so eine Waffe tragen darf – es sei denn, man hat einen Waffenschein, weil man in Bereichen tätig ist, die ein berechtigtes Interesse …«

»Steen, ich habe so etwas bislang nicht beantragt. Sowas wie Personen- oder Objektschutz will ich nicht machen. Und die Aufträge, die ich annehme, sind eigentlich eher so, dass ich da normalerweise keine Waffe brauche.«

»Aha.«

»Sonst würde meine Frau auch gegen meine neue Tätigkeit rebellieren. Die will ja nicht, dass ich mich in Gefahr begebe.«

»Ihno, woher kommt die Waffe?«, beharrte Steen.

»Steen, das willst du nicht wissen.«

»Besser ich weiß es – denn die Anwälte von Herrn DOKTOR Okko Vancamps werden sicher dafür sorgen, dass ich mich irgendwann in naher Zukunft ohnehin dazu äußern muss. Also jetzt raus mit der Sprache!«

Ihno Purwin hielt Steen das Objekt der Begierde hin. »Das ist keine echte Waffe«, sagte er. »Aber ich hatte nichts anderes dabei und Glück, dass Okko Vancamps es nicht gemerkt hat.«

»Was hat er nicht gemerkt?«

»Das ist eine Startpistole mit Schreckschusspatronen. Ich bin doch im Heimatverein tätig. Am Wochenende war das Kinderprogramm der Friesen-Olympiade, und mit der Waffe hier habe ich den Wettbewerb im Sackhüpfen gestartet. Das Ding lag noch bei mir im Wagen – sonst hätte ich gar nichts gehabt, um Herrn Vancamps zum Aufgeben zu bewegen.« Ihno zuckte mit den Schultern. »Du warst ja nicht schnell genug da, Steen!«

ENDE

Ostfrieslandkrimi-Empfehlungen des Klarant Verlages

In der Reihe »Kommissar Steen ermittelt zwischen Dollart und Großem Meer« von Alfred Bekker sind bereits erschienen:

»Die Tote im Tief«, Band 1
Taschenbuch-ISBN: 978-3-95573-749-8
eBook-ISBN: 978-395573-751-1

Klappentext »Die Tote im Tief«:
Bernhardine Geiken wurde ermordet, ihre Leiche mit einer Ankerkette beschwert im Knockster Tief versenkt. Kriminalhauptkommissar Steen und seine Kollegen stehen bei der Suche nach dem Motiv vor einer schwierigen Aufgabe, denn je tiefer sie im Leben des Opfers graben, desto mehr Abgründe tun sich auf. Die nach außen hin harmlos wirkende alte Dame hatte offenbar ein gut abgeschirmtes Doppelleben geführt und Hass und Zorn auf sich gezogen. Es gibt genug Verdächtige, die gute Gründe gehabt hätten, sie umzubringen. Doch das Morden geht weiter! Innerhalb kurzer Zeit gibt es zwei weitere Leichen zwischen Emden und dem Großen Meer. Alle drei Morde hängen zusammen – aber auf ganz andere Weise, als die Ermittler zunächst glauben …

»Der Tote am Delft«, Band 2
Taschenbuch-ISBN: 978-3-95573-824-2
eBook-ISBN: 978-3-95573-825-9

»Der Tote von der Knock«, Band 3
Taschenbuch-ISBN: 978-3-95573-902-7
eBook-ISBN: 978-3-95573-903-4

»Der Tote am Borkumkai«, Band 4
Taschenbuch-ISBN: 978-3-96586-019-4
eBook-ISBN: 978-3-96586-021-6

»Der Tote vom Großen Meer«, Band 5
Taschenbuch-ISBN: 978-3-96586-122-0
eBook-ISBN: 978-3-96586-123-7

»Der Tote von Twixlum«, Band 6
Taschenbuch-ISBN: 978-3-96586-178-7
eBook-ISBN: 978-3-96586-179-4

»Die Tote mit dem Buddelschiff«, Band 7
Taschenbuch-ISBN: 978-3-96586-239-5
eBook-ISBN: 978-3-96586-240-1

»Der Tote im Torfschiff«, Band 8
Taschenbuch-ISBN: 978-3-96586-312-5
eBook-ISBN: 978-3-96586-313-2

Klarant Verlag

Lernen Sie die Ostfrieslandkrimi-Titel des Klarant Verlages kennen und besuchen Sie uns im Internet unter:

www.ostfrieslandkrimi.de

und

www.klarant.de

Sie können dort Näheres über unsere Autoren erfahren, viele weitere interessante Bücher und eBooks finden und Leseproben herunterladen. Mit dem kostenlosen Newsletter auf:

www.ostfrieslandkrimi-lesen.de

erhalten Sie aktuelle Informationen rund um das Verlagsprogramm, wie beispielsweise spannende Neuerscheinungen und Gewinnspiele.